마지막 퍼즐

일러두기

1. 이 소설은 필자가 겪었던 약간의 실화를 바탕으로 한 허구다.
2. 이 소설의 공간적 배경이 되는 대구는 저자의 성장지이며, 소설에서
   거론되는 장소는 지금도 실존하는 곳이다.
3. 소설의 흥미와 현장감을 더하기 위해 대화에서는 물론 지문에서도 경
   상도 사투리를 표준어로 바꾸지 않고 의도적으로 사용하기도 했다.
4. 이 소설의 시간적 배경은 저자가 성장하던 시기의 기억과 인터넷 검색
   으로 자료를 더했으므로 내용 중 일부는 사실과 다를 수 있다.

백승희 장편소설

마지막 퍼즐

學而思 학이사

차례

프롤로그

어릴 적부터 드라큘라를 좋아했다. 지금은 잘 생긴 뱀파이어들이 스크린과 소설을 누비며 전 세계 젊은이들의 우상이 되는 시대에 살고 있지만 내가 어릴 적만 해도 뱀파이어는 사악하며 무자비하고 잔인한 악마의 화신으로 묘사되었다.

초등학생 시절, 우연히 서점에서 접해 읽었던 브램 스토커의 소설 드라큘라는 내게 엄청난 충격을 주었다. 사람의 피를 빠는 악마이면서도 미워할 수만은 없는 그 내면에 숨겨진 드라큘라의 슬픈 과거, 그에게 희생되는 순수하고 사랑스러운 처녀 루시와 그 당시의 순종적이고 자애로운 어머니 상을 반영한 미나, 드라큘라 백작의 초대를 받고 그가 사는 유럽의 외지고 낯선 지역, 카르파티아 산맥 한가운데 위치한 음산한 드라큘라 성에 혈혈단신으로 찾아가는 변리사 조너선 하커….

어릴 적부터 밤을 사랑했던 나는 소설 전편에 흐르는 음산하고 기괴한 분위기가 좋았다. 햇빛과 마을, 십자가를 두려워하면서도 엄청난 괴력의 소유자이자 다양한 동물과 곤충으로 변신이 가능한 드라큘라는 내게 있어 두려움의 존재가 아니라 경외의 대상이었다. 나는 언젠가 기회가 된다면 드라큘라 혹은 뱀파이어를 소재로 한 소설을 써 보리라 마음먹고 있었다.

지난여름은 무척 무더웠다. 더위 때문에 새벽에 잠을 깨기 일쑤였다. 이른 새벽, 모두가 잠든 밤에 일어나서 집안을 어슬렁거리던 내게 문득 이런 생각이 들었다. 어릴 때부터 그토록 꿈꾸던 소설을 써보자. 그것도 내가 좋아하는 뱀파이어를 소재로 한 소설을…. 그래서 무작정 컴퓨터를 켜고 페이스북에 글을 쓰기 시작했다. 약 7회에 걸쳐 연재하리라 마음먹고 썼던 소설이 회가 거듭될수록 그 범위가 넓어지고 규모가 커지기 시작했다.

소설 속 주인공 백 선생은 운동을 하러 나섰다가 이

른 새벽, 안개가 자욱한 신천 둔치에서 마치 뱀파이어를 연상하게 하는 의문의 사나이를 만나게 된다. 두 번째 만남에서 백 선생은 그의 초대를 받고 고민하다 두려움을 무릅쓰고 그가 기다린다는 카페로 가게 되는데….

삶과 죽음, 종교, 철학, 과학, 추리, 공포, 모험, 판타지가 뒤섞인 무어라 딱 꼬집어 장르를 설명할 수 없는 이 소설을 읽고 자신의 인생을 되돌아보는 독자가 한 분이라도 계시면 내 소설은 성공작이라 생각한다.

자, 이제 책장을 넘기고 떠나보자.

백 선생의 기묘했던 과거의 기억 속으로.

낯선 이로부터의 초대

D를 처음 만난 건 지금으로부터 5년 전의 내가 대구의 중심가 한가운데에 우뚝 솟은 한 동짜리 아파트에 살 무렵이었다. 당시 10년차 개원의였던 난 바쁜 병원 생활로 인해 운동 부족에 시달리고 있었다. 불어나는 체중을 감당하다 못해 결국 매일 새벽마다 아파트 인근에 위치한 신천 둔치를 달리기로 마음먹고 운동을 시작하기로 한 첫날, 사건은 시작되었다.

새벽 다섯 시에 맞춰 둔 알람시계 소리에 맞춰, 피곤에 절은 무거운 몸을 억지로 달래 아직 잠에서 덜 깬 상태에서 일어났다. 전날 병원 회식에서 마셨던 술로 인해 머리가 지끈거렸다. 하지만 반드시 운동을 시작해 건강을 되찾으리라 마음먹었던 난 다시금 굳은 의지를 다지며 얼마 전 구입한 조깅화 끈을 단단히 동여매고 운동복을 주섬주섬 챙겨 입고선 신천 둔치로 나갔다.

아직 동트기 전 무렵, 그날따라 유독 신천 변은 불과 10미터 앞을 분간하기가 힘들 정도로 안개가 자욱했고 이른 새벽이어서 그런지 운동하러 나온 사람도 거의 없었다. 전날 마신 술이 덜 깨 걷는 것도 달리는 것도 아닌 어중간한 걸음으로 신천 변의 트랙을 뛰던 나는 맞은편에서 짙은 안개 속을 뚫고 미끄러지듯이 다가오는 검은 형체의 기이한 물체와 마주치게 되었다.

새벽녘 어둠을 뚫고 짙은 안개 속에서 어렴풋이 모습을 드러내는 기이한 형체의 검은 물체.

미끄러지듯 나를 향해 다가오는 그 물체의 첫인상은 마치 영화 속 중세시대의 기사가 말을 타고 내게 걸어오는 듯한 장면을 연상하게 했다. 10미터 전방에서 9미터, 8미터, 7미터…. 내게 다가올수록 점점 또렷이 드러나는 그 물체는 심장이 터질 듯한 공포와 함께 전날 마신 술로 인한 두통마저 사라지게 할 만큼 섬뜩했다. 하지만 이토록 나를 두려움에 떨게 만드는 상대가 대체 뭔지 알고 싶다는 호기심에 난 도망가기는커녕 얼어붙은 듯 그 자리에 서 있었다.

자전거를 타고 오는 사람이었다. 아주 오래된 구식 양복처럼 보이는 검은 옷을 입은 그는 검은색 중절모 마저 쓰고 있어 얼굴을 제대로 볼 수가 없었다. 하지만 백지장처럼 하얀 얼굴과 붉은 광채가 나던 두 눈만큼 은 또렷이 알아볼 수 있었다. 마치 저승에서 온 듯한 음 산한 표정으로 나를 흘낏 쳐다보던 그는 자전거를 탄 채 짙은 안개 속으로 미끄러지듯 서서히 사라져갔다. 난 마치 귀신에라도 홀린 듯 이미 안개 속으로 사라져 버린 그의 뒷모습을 한참 동안 바라보았다. 잠시 후 '대체 내가 뭘 본 거지?' 하던 난 쿵쾅쿵쾅 마구 요동치 던 심장 박동이 정상으로 돌아온 걸 감사히 여기며 그 날 하던 운동을 마칠 수 있었다.

모처럼 큰마음을 먹고 새벽 운동을 나갔다가 이 세상 사람 같지 않은 괴이한 모습의 남자와 맞닥뜨렸던 그 날, 출근해서 환자 진료를 보던 내내 그의 모습이 머릿 속에 떠올라 일이 제대로 손에 잡히질 않았다.

다음날 새벽, 두려움 반 호기심 반으로 똑같은 시간 에 일어나 신천 변으로 나갔다. 그리고 곧바로 어제 그 와 맞닥뜨렸던 장소로 가 보았다. 하지만 그는 나타나 지 않았고, 다음날도, 그 다음날도 그의 모습을 볼 수가 없었다.

처음 그를 마주친 지 몇 주가 지나고, 이제는 그를 봤었다는 사실조차 기억 속에서 희미해질 무렵의 어느 날이었다. 그때처럼 안개가 자욱했던 이른 새벽 무렵, 난 평소처럼 신천의 상쾌한 바람을 맞으며 운동을 했다. 그날따라 컨디션이 무척이나 좋았던 난 당시의 내가 달릴 수 있는 최고의 속력으로 달렸다. 심장이 터질 듯하면서도 달콤했던 운동의 쾌감을 즐기던 내가 휴식을 위해 잠시 벤치에 앉아 쉴 때였다. 짙은 안개가 피어오르는 신천을 멍하니 바라보던 나는 무언가 섬뜩한 느낌이 들어 고개를 돌리게 되었고, 이때 낯익은 괴이한 물체가 나를 향해 미끄러지는 듯 다가오는 걸 보게 되었다.

그였다. 이번엔 자전거를 끌면서 걸어서 나를 향해 곧장 다가오고 있었다. 미처 그가 처음 등장하는 모습을 보지 못했던 나는 이미 내 눈앞까지 와 있는 그를 얼어붙은 채 정면으로 마주할 수밖에 없었다.

"나는 D라고 하오. 나에 대해 호기심을 느꼈다면 오늘 밤 11시쯤 동성로에 있는 카페 카오스(chaos)[1]로 오시오."

나이를 가늠하기조차 힘든 창백한 표정에다 붉게 충

혈된 두 눈, 길게 길러 치렁치렁 늘어뜨린 구불구불한 머리칼, 오래된 구식의 검은 양복에 검은색 중절모를 써 마치 저승사자 같은 그로테스크(grotesque)[2]한 분위기마저 풍기던 그가 다짜고짜 내게 말을 걸었다. 이때였다! 난 얼어붙은 채 그가 건넨 카페의 약도를 그린 메모지를 건네받으려 손을 뻗었었고 순간 내 손에 닿은 그의 손의 섬뜩하리만큼 차갑고 습한 느낌에 소스라치게 놀랐다.

 '아! 이 느낌!'

 그 찰나의 순간 나는 언젠가 틀림없이 경험했었던 이 느낌을 기억해 내려고 필사적으로 머리를 쥐어짜냈었다. 그렇다, 그 느낌은 과거 내가 태국의 어느 관광지에서 목에 큰 뱀을 두르고 사진을 찍을 때 내 목에, 내 손에 전해졌던 차갑고 습했던 느낌, 바로 그 파충류의 느낌이었다.

 아무 대답도 못 하고, 그가 건넨 메모지를 전해 받고 멍하니 앉아 있는 나를 무표정하게 바라보던 D.

 잠시 후 그는 마치 내가 그날 밤 자신을 만나기 위해 카페 chaos로 올 거라는 걸 알고 있다는 듯 내 대답은 듣지도 않고 유유히 자전거에 올라타더니 몇 주 전 처음 그를 만났을 때처럼 안개 속으로 미끄러지듯 서서히 사라져갔다.

한참 동안을 꿈꾸듯 멍하니 그가 사라진 안개 속을 응시하던 나는 퍼뜩 정신을 차렸다. 그리고 자신을 D 라고 소개한 그가 왜 하필 내게 접근해서, 그날 밤의 만남을 제안했는지에 대해 곰곰이 생각해 보았다. 아마도 D는 나와의 첫 만남 이후 몇 주 동안 그를 다시 만나기 위해 매번 같은 시간, 같은 장소에서 서성거리던 날 어디선가 지켜보았던 듯하다. 그렇지 않고서야 어떻게 두 번째 보던 날, 내게 다짜고짜 만남을 요구할 수 있겠는가?

그날 병원에 출근해서 진료를 보는 내내 나는 고민했다. 마치 다른 세상에서 온 듯 괴이한 모습인 D와의 만남이 두려우면서도 '도대체 그의 정체가 뭘까?' 란 생각이 들기 시작했다. 그리고 그를 좀 더 자세히 알고 싶은 치명적인 호기심이 생기기 시작했다. 그 호기심은 점점 커져 두려움을 압도하기 시작했다. 지금껏 나는 세상을 살아가며 해도 후회하고, 하지 않아도 후회할 일이 생기면 해보고 후회하는 쪽을 택하는 편이다. 해보고 후회하는 건 잠시지만 해보지도 않고 후회하는 건 평생을 따라 다니며 나를 괴롭히기 때문이다. 내 평소의 지론대로 생각하니 결론은 뻔했다.

'그래! 만나보자! 직접 만나서 그에 대한 궁금증을 모조리 해소하는 거야!'

그날은 마침 오랜만에 고등학교 동창과 술 약속이 있던 날이었다. 병원에서의 일과를 마치고 녀석을 만난 난 그와 이런저런 이야기를 나누며 술을 진탕 마셨지만 -사실 D와의 만남을 앞두고 두려움을 없애기 위해 일부러 술을 많이 마셨다는 게 맞을 듯- 술을 마시면 마실수록 내 머릿속은 점점 또렷해졌고 의식은 점점 더 명료해졌다. 동창 녀석에게 D의 이야기를 해봤자 미친 소리라 할 게 틀림없다고 생각한 나는 D와 관련된 어떤 얘기도 말하지 않았다. 어느덧 시간이 흘러 D와 만나기로 한 밤 11시가 다가오자 동창 녀석에게 작별을 고하고 약속 장소인 카페 chaos를 향해 발걸음을 옮기게 되었다.

만남

밤 11시 무렵의 동성로.

시내를 밝히던 화려한 네온사인들도 점점 그 빛을 잃어 가고 거리에 넘쳐나던 인파들도 하나둘 집으로 돌아가면서 동성로는 점차 깊은 어둠 속에 잠기기 시작한다. D가 건네준 카페 chaos의 약도가 그려진 메모지를 들고 시내를 헤매던 나는 오랫동안 대구에서 살면서도 한 번도 가보지 못했던, 아니 듣도 보도 못했던 동성로의 어느 으슥한 골목길로 접어들게 되었다. 하지만 거기서도 한참을 헤매던 난 도저히 D가 기다린다던 카페를 찾을 길이 없었다. 피곤하기도 하고 밤도 야심하여 다 포기하고 집으로 돌아가려던 순간, 후미진 골목 구석에서 희미한, 아니 창백한 빛을 내는 어느 카페의 간판이 내 눈에 띄었다.

'cafe chaos! 저기다!'

간판을 본 순간, 카페 chaos 쪽으로 이끌리듯 걸어간 나는 입구에 멈춰 서서 고민을 하였다. '그냥 집으로 갈까? 아님 카페 안으로 들어가 볼까?' 하며 잠시 망설이던 난 크게 심호흡을 한 후 카페의 문을 열고 안으로 들어서기에 이르렀다.

내부가 보이지 않는 불투명한 유리로 만들어진 카페의 출입문을 열자 가파르게 아래로 이어지는 나선형 계단이 나타났다. 벽에 붙어있는 희미한 붉은 - 핏빛이라고 표현하는 게 더 정확할 듯 - 조명이 겨우 계단을 구분해 발을 헛디디는 것을 막아 줄 정도로 내부는 어두웠다. 이윽고 계단을 다 내려가자 이번에는 어두컴컴한 복도가 나왔다. 거기서부터는 퀴퀴한 냄새가 나의 후각을 자극하기 시작했다. 오래된 흙을 새로 파헤친 듯한 그 냄새는 마치 그 옛날 내가 읽었던 브램 스토커의 소설 드라큘라에서 백작이 잠든 관이 있는, 루마니아의 어느 고성의 음침한 지하실을 연상하게 할 정도로 강렬하고 불쾌했다.

으스스한 기분이 들었던 나는 뒤로 돌아서 카페 밖으

로 나가고 싶은 마음이 굴뚝같았다. 하지만 미스터 D
의 정체를 파헤치고 싶은 호기심이 더 컸던 만큼 난 두
려움을 이겨내고 복도 끝에 있는 또 다른 문 앞에 다다
르게 되었다.

'덴 디 토드텐 라이텐 슈넬!'

누군가에 의해 낙서처럼 문에 휘갈겨진 알 수 없는
글자.

'무슨 뜻이지? 이 말은?'

나는 궁금해 하면서 글자가 새겨진 현관문을 힘껏 밀
어 보았다. 하지만 꿈쩍도 않은 채 문은 굳게 잠겨 있었
다. 카페 안으로 들어갈 수도 없었고, 그렇다고 여기까
지 온 게 억울했던 나는 뒤돌아 밖으로 나갈 수도 없었
다. 오도 가도 못하는 신세가 되어버린 난 바지 주머니
에서 담배를 하나 꺼내 물고 불을 붙였다.

'담배 한 대를 다 피울 때까지 기다렸다가 안 열리면
문을 힘껏 두드려 보자!'

2분 정도의 시간이 흘렀을까?

핸드폰의 액정을 통해 자정이 다 되었음을 확인한 후
피우던 담배를 끄고 문을 힘차게 두드리려는 순간, 굳
게 닫힌 문 뒤편에서 묵직한 발자국 소리가 들렸다. 어
둠 속에서 문틈 아래로 점점 다가오는 희미한 불빛이

보였다.

'철커덕!'

빗장이 열리는 소리와 함께 굳게 닫혀 있던 문이 활짝 열렸다. 굳게 닫혔던 문이 열리자, 청바지에 하얀 티셔츠를 입은, 언뜻 홍안의 미소년을 연상하게 하는 키가 크고 잘 생긴 남자가 서 있었다. D였다. 이전에 보았던 길고 치렁치렁하던 검은 머리칼은 뒤로 곱게 빗어 넘겨 묶었고, 오늘 새벽 내게 만남을 제안할 때의 백지장 같이 창백했던 얼굴은 보기 좋게 불그스름한 혈색이 도는 사내로 내 눈앞에 있었던 것이다.

도무지 나이를 종잡을 수 없게 하는 그였지만 그와 마주하는 순간 찬찬히 얼굴을 뜯어보니 세월의 흔적이 남아 있었다. 얼굴 곳곳에 주름이 져 적어도 나이가 예순은 넘겼으리라 나는 짐작했다. 한국 사람이 아닌 듯 약간 어눌하지만 완벽한 표준말을 구사하는 D가 내게 말했다.

"환영하오. 백 선생! 순전히 백 퍼센트 본인의 의지로 이 야심한 밤에 혼자서 이곳까지 찾아오신 그대의 용기와, 두려움을 이겨낸 위대한 호기심에 경의를 표하오."

순간 나는 심장이 멎는 듯 했다.

'이자는 나를 알고 있다! 도대체 이 사람은 어떻게 내 성을 알고 있으며 나더러 백 선생이라 부른단 말인가?'

그제야 난, 언제부터인가 내 주변을 맴돌던 검은 그림자에 대해 떠올리게 되었다. 병원에서 일과를 마치고 퇴근할 때나 사람들을 만나 술을 한잔하고 집으로 귀가할 때, 이른 새벽 신천 둔치에서 달리기를 할 때 누군가 나를 지켜보고 있다는 생각이 가끔 들었다. 하지만 내가 예민하거니, 잘못 봤겠거니 하며 애써 무시했던 최근의 기억들이 스멀스멀 되살아나기 시작했다. 그러면서 그 검은 그림자의 정체가 바로 이자라는 생각으로 이어졌다. 갑자기 소름이 돋고 으스스한 느낌이 들기 시작한 나는 온몸을 사시나무 떨듯이 떨기 시작했다.

'호랑이한테 물려가도 정신만 차리면 된다.'

공포의 절정에서 평소 나의 신조대로 평정심을 되찾으려 필사적으로 노력하던 나는 '저자 앞에서 두려워하는 모습을 절대 보이면 안 된다.' 라고 되뇌면서 마치 늘 다니던 편한 장소에 온 듯한 행동을 하려 애썼다. 그런 내 맘속을 아는지 모르는지 기분 나쁘게도 만면에 미소를 띤 D가 내게 말을 걸어왔다.

"여기까지 오느라 고생했소. 40년을 기다린 나의 귀한 손님, 안으로 들어오시오, 백 선생."

아아! 그 순간 나는 보고 말았다. 내게 웃음 짓는 그의 선홍빛 붉은 입술 사이로 삐져나오는 유난히 날카로운 하얀 이빨을….

비열한 웃음과 함께 뱀파이어 영화에서나 본 듯한 뾰족하고 하얀 송곳니를 드러낸 D. 그는 극도의 공포를 느끼며 하얗게 질려버린 내 표정을 보더니 웃음을 멈추고 나의 손을 덥석 잡은 채 카페 안으로 끌고 들어갔다.

D의 손에 이끌려 문 안으로 진입한 나는 얼음장처럼 차가운 손을 가진 그의 강력한 손아귀 힘에 이끌려 질질 끌려가듯 카페 내부로 들어서게 되었다. 별다른 내부 장식 없이 약간은 어둡다 싶은 조명 아래 빈 테이블만 몇 개 덩그러니 놓여 있고, 지하여서 그런지 창문이 하나도 없는 카페 chaos, 자정을 넘어 야심한 시간에 손님 하나 없는 그 카페에는 D와 나, 단 둘만이 있을 뿐이었다. 이리저리 끌고 다니다가 이윽고 바를 사이에 두고 나를 손님석에 앉게 하고 자신은 바텐더 자리에 앉은 채 D가 나지막하게 말을 시작했다.

"혹, 여기 들어오실 때 카페 현관에 쓰여 있던 글귀

를 보셨소?"

나는 현관 앞에서 문이 열리길 기다리며 담배를 피울 때 보았던 뜻 모를 글귀를 생각하곤 입으로 중얼거렸다.

"덴 디… 토드텐… 라이텐 슈넬…."

"독일 시인 뷔르거의 시 '레노레'의 한 구절이라오. 죽음은 발이 빠르니까… 라는 뜻이지."

그렇게 내게 말하고는 혼잣말처럼

"사람들이 아직은 아니지… 하며 방심할 때 죽음이란 놈은 사람들 주위를 맴돌면서 언제나 기회를 노리지. 그러다 어느 날 준비가 안 된 사람들에게 도둑처럼 살금살금 다가가서는… 쓰윽~"

말을 하다말고 나를 똑바로 응시한 채 손으로 자신의 목을 긋는 시늉을 하는 D.

그와의 첫 대면부터 극한의 공포를 경험했던 나는 그 순간 이상하리만큼 마음이 편안해지면서 평정을 되찾게 되었다.

'날 해치려 했으면 진작 해치웠겠지. 이자는 나와 대화를 하고 싶은 것이다!'

확신이 든 내가 그에게 말했다.

"도대체 당신은 누구요? 당신의 정체는 무어란 말이

오?"

"아! 미안하오… 백 선생. 귀한 손님을 초대해 놓고 결례를 범한 나를 그대의 넓은 아량으로 용서하시오. 내 소개가 늦었소. 일전에 신천 둔치에서 내가 말했듯이 나는 D라고 하오. 여기서 D가 무엇의 이니셜인지는 당신의 상상에 맡기겠소. 기왕이면 드라큘(Dracul)[3] - 드라큘라의 아버지면서 '용'이라는 의미도 가진 - 의 D로 생각해 주셨으면 좋겠소만…."

아! 이 무슨 기괴한 장면이란 말인가.

자정이 훌쩍 지난 시간, 동성로의 후미진 골목, 아무도 찾아올 수 없는 으슥한 지하 카페에서 자신을 뱀파이어 소설 속에서나 등장하는 드라큘라의 아버지라 생각해줬으면 좋겠다는 정신병자 같은 사람과 단 둘이 마주하고 있는 나.

"당신이 드라큘라 아버지든 뱀파이어든 간에 왜 하필 나를, 왜 나를 이리로 초대했소? 당신은 그저 새벽에 운동하는 날 스치듯 잠깐 보았을 뿐인데."

겁을 상실했던 나는 두려움 없이, 거침없이 그에게 물었다.

"운뤠스리히 베르크뉘프트 세인."

알아들을 수 없는 독일어 같은 말을 하던 D.

"그대와 나의 인연이 깊은 탓이겠지요. 기억해 보시오, 그대가 어릴 때 부모님과 함께 포항의 어느 해수욕장에 갔었던 일들을."

마음의 평정을 되찾았던 나는 또다시 혼란에 빠졌다. 이건 또 무슨 소리인가? 나와 이자가 어릴 때부터 무슨 인연이 있었단 말인가? 그때부터 나는 어릴 적 부모님을 따라 포항의 어느 바닷가에 해수욕을 하러 갔던 일을 떠올렸고 거기서 무슨 일이 있었는지를 생각해내려 애를 썼다. 그러다 내가 여섯 살 무렵, 해수욕장에서 있었던 '그 일'을 떠올리게 되었고 시간을 거슬러 그때의 꼬맹이로 돌아가 있는 나를 발견하게 되었다.

40년 전의 기억 속으로

포항의 송도 해수욕장. 여섯 살 꼬마 승희가 저 멀리 보인다. 때는 근면, 자조, 협동 정신을 바탕으로 한 마을 가꾸기 사업, 즉 새마을 운동이 한창이던 1971년의 어느 여름날이다.

가족과 함께 여름휴가를 따라온 여섯 살 승희는 지금 한여름의 뜨거운 태양을 피하기 위해 펼쳐 놓은 커다란 파라솔 아래 엎드려 '드라큘라'라는 만화책을 보고 있다. 또래 친구들보다 조금 일찍 한글을 깨우친 승희는 만화책 읽기를 좋아했다. 승희는 얼마 전부터 아버지께서 사 주신 드라큘라라는 만화책에 푹 빠져 있었다. 그래서 해수욕장에 와서도 물놀이보다는 책을 읽느라 바다에 들어갈 때를 제외하곤 책을 손에서 놓지 않고 있다.

　어린 승희는 지금 만화책 속 주인공에 빠져 있다. 그 주인공은 유럽에서도 가장 외지고 낯선 지역 카르파티아 산맥 한가운데 우뚝 솟은 성에 사는 드라큘라 백작이다. 드라큘라 백작은 박쥐, 고양이, 쥐, 늑대, 거미, 나방 등 다양한 동물과 곤충으로 변신이 가능하다. 경우에 따라서는 안개나 바람으로 변해서 시야에서 사라지거나 창문 틈새로 숨어들기도 한다. 힘도 굉장히 세서 어지간한 장정 몇 명쯤은 한 방에 이길 수 있으며 사람이나 동물에게 최면을 걸어 자신의 명령대로 자유롭게 조종할 수도 있다. 여섯 살 어린 승희에게 드라큘라는 두려움의 대상이라기보다는 슈퍼맨이나 배트맨 같은 경이로운 존재로 다가왔던 것이다. 영원히 죽지 않는 불사의 신 드라큘라에 푹 빠지다 못 해 어린 승희는 자신도 드라큘라 백작의 피의 세례를 받고 영원히 사는 불사의 존재가 되고 싶다는 생각마저 하고 있는 것이다.

　승희 가족은 바닷가에 즐비하게 늘어서 있는 수많은 민박집들 중 한 곳에 숙소를 정했다. 가족들은 송도해수욕장에서 맘껏 해수욕을 즐기며 휴가를 보내고 있지만 유독 막내인 승희만 만화책에 빠져 바닷가든 민박집이든 장소를 가리지 않고 책만 보고 있다. 해가 떨어져 어둠이 내려앉을 무렵 저녁식사를 마친 가족들이 모여 휴식을 취하는 숙소에서도 책을 손에 놓지 않는 막내를 보다 못한 아버지께서 말씀하신다.

"우리 승희는 바닷가에 놀러 와서도 해수욕은 안 하고 책만 보는구나. 그래도 여기까지 와서 바다 구경은 해야 하지 않겠니? 아빠랑 둘이서 밤바다 구경 갈까?"

방에 틀어박혀 만화책만 보고 싶었던 승희는 아빠의 제안이 귀찮기만 하다. 하지만 귀여운 막내아들에게 걱정스런 표정을 지으며 하시는 아빠의 말씀을 거역할 수 없는 승희는 아빠를 따라 나선다.

승희의 가족들이 있던 방에 함께 있으며 그들을 지켜보던 나도 승희 부자를 따라 포항의 밤바다를 구경하러 나선다.

1971년의 어느 여름날 밤,

여섯 살 승희는 아빠 손을 잡고 포항 송도 해변의 밤풍경을 구경하는 중이다.

여름휴가를 이용해 해수욕장을 찾은 피서객들을 유혹하기 위해 온갖 잡상인들이 모여 있는 송도. 아빠 손을 잡은 채 잡상인들이 펼쳐 놓은 좌판을 구경하던 여섯 살 승희는 지금 아빠를 졸라 산 아이스께끼에 온통 정신이 팔려 있다. 이리저리 아이스께끼를 돌려가며 줄줄 빠는 승희. 그런 승희를 귀엽다는 듯 한참 동안을 지켜보시던 아버지께서 말씀하신다.

"승희야, 우리 저쪽으로 가볼까? 노래 소리가 들리는 곳으로…"

승희 부자는 손을 잡고 노래 소리가 나는 곳으로 발걸음을 옮긴다. 나도 그들을 뒤따라간다. 밤이 깊어가는 송도 해수욕장의 모래사장 위에 세워진 특설 무대에서는 무명 가수들의 공연이 한창이다. '한여름 밤의 꿈'이라는 플래카드가 무대 뒤에 좌우로 큼지막하게 걸려 있고, 마치 크리스마스 트리처럼 알록달록 무대를 장식한 꼬마전구들이 한여름 밤바다의 환상적인 분위기를 연출하고 있다. 때마침 어느 남자 가수가 앤디 윌리암스의 'Moon River' -자니 머서 작사, 헨리 맨시니 작곡. 블레이크 에드워즈 감독, 오드리 헵번·조지 페퍼드 주연의 1961년 패러마운트 영화 '티파니에서 아침을'의 주제가-를 부르고 있다.

'문 리버, 몇 마일이나 되는 넓은 강이여
어느 날엔가 나는 아름다운 그대를 건너가리

그리운 꿈을 낳고, 또 그대는 마음을 깨기도 하네.'

지금도 내가 좋아하는 노래다. 어린 승희도 그 노래
가 좋은 듯 무대 앞에 자리 잡은 사람들 사이에서 아빠
의 양 어깨에 목말을 탄 채 노래를 듣고 있다. 이윽고
노래가 끝나자 이번엔 여자 가수가 무대에 올라가
'Try to remember' - 톰 존스 작사, 허베이 슈미트 작곡. 1959년
버나드 칼래지에서 상연된 뒤 1960년 5월 3일 뉴욕의 설리번 스트리
트에 있는 플레이하우스에서 개막한 오프 브로드웨이 뮤지컬 'The
Fantasticks'의 히트 넘버로, 줄리 오백이 불렀다. -를 노래한다.
어린 승희는 넋을 잃은 채 뜻도 모르는 외국 노래에 푹
빠져 있다.

'9월의 그 무렵을 상기해 보세요.
인생의 걸음이 느리고 또 원만했던 무렵을,
9월의 그 무렵을 상기해 보세요.
풀은 푸르고, 곡물이 황색으로 빛나고 있던 무렵을,
9월의 그 무렵을 상기해 보세요.
당신이 상냥하고 젊었던 무렵을….'

무대를 잘 볼 수 있도록 승희를 목말 태운 채 노래를

들던 아버지께서 승희를 땅에 내려놓고 말한다.

"승희야, 어디가지 말고 여기서 꼼짝 말고 기다려라. 아빠는 조오기 가게에 가서 담배 한 갑 사올 테니."

"예, 아부지."

올드 팝이 흐르는 낭만적인 70년대의 한여름 밤바다. 그곳에서 승희 부자를 따라온 나도 승희 바로 뒤에서 평소에 내가 좋아하던 올드 팝 두 곡을 연속으로 들으며 한여름 밤의 낭만에 젖어 들고 있다. 여가수의 노래가 절정으로 치달을 무렵, 난 꼬맹이 승희 뒤로 다가오는 검은 그림자를 발견한다. 순간 난 가슴이 철렁 내려앉는다. 백지장처럼 하얀 얼굴, 구불구불하고 치렁치렁한 머리칼 위에 검은 중절모를 쓴 오래된 구식의 검은 양복을 입은 남자.

그는 미스터 D다. 틀림없는 그다!

내가 신천 둔치에서 새벽 운동할 때 안개와 함께 나타났을 때의 그 모습 그대로의 D가 시간을 거슬러 1971년 여름, 포항의 밤바다에서 여섯 살 승희에게 다가가고 있는 것이다.

낭만적인 분위기가 무르익어 가는 한여름 밤의 송도 해수욕장. 그곳의 해변에서 이름 없는 가수들이 부르는 매혹적인 노래에 흠뻑 빠져든 꼬맹이 승희에게 소리 없이 다가가 슬며시 손을 잡는 미스터 D.

'아, 안 돼! 승희야! 그 손을 잡으면 안 돼!'

바로 옆에서 절규하는 내 목소리를 듣지 못하는 여섯 살 승희는 여전히 무대에서 눈을 떼지 않은 채 D의 손을 잡는다. 당연히 아빠의 손이라 생각하고 얼굴도 확인하지 않은 채 무대 위에서 노래하는 가수를 바라보며 D의 손을 잡고 걸어가는 꼬맹이 승희를 향해 나는 목이 터져라 외친다.

'아… 안 돼!'

시선은 노래하는 가수가 있는 무대를 향한 채 D의 손을 잡고 얼마 동안을 걸어가던 승희가 문득 자신이 잡고 있는 얼음장처럼 차가운 손의 느낌에 놀라 고개를 돌린다. 그제야 아빠가 아닌 모르는 사람이 자신을 데리고 어디론가 가고 있다는 사실을 깨달은 승희가 고개를 갸우뚱하며 묻는다.

"아저씨는 누구라예?"

"으응, 나는 아빠 친구야."

"아부지께서 내 보고 꼼짝 말고 노래하는 데 있으라 캤는데예."

"승희야, 너 드라큘라 좋아하지? 아빠께서 내게 이야

32

기해 주셨어. 우리 승희가 바닷가에 놀러 와서도 드라
큘라 만화책에 푹 빠져 물놀이도 안 하고 종일 만화책
만 보고 있다고."

자나 깨나 머릿속에 드라큘라 생각밖에 없던 여섯 살
승희는 자신이 좋아하는 드라큘라 이야기를 꺼내는 사
내의 말에 밝은 표정이 되어 경계심을 풀고 그에게 되
묻는다.

"아저씨도 드라큘라 좋아합니꺼? 지는요, 세상에서
드라큘라를 제일 좋아해예. 배트맨, 슈퍼맨보다도
더…"

"드라큘라 나도 좋아하지. 그런데 승희야."

승희의 손을 잡고 어디론가 향하던 D가 걸음을 멈추
고 승희를 찬찬히 뜯어보더니 말한다.

"우리 승희는 드라큘라가 왜 그렇게 좋을까?"

"와예?"

"그건 말이지, 승희의 몸속에 그 피가 흐르고 있기
때문이지."

여섯 살짜리 아이가 알아듣기 힘든 알 수 없는 말을
하는 미스터 D.

고개를 갸우뚱하며 자신을 빤히 쳐다보는 어린 승희
에게 D가 말한다.

"가자! 승희야. 아저씨가 무슨 말을 하는지는 따라와 보면 알게 될 거야."

둘은 다시 손을 잡고 어디론가 향한다.

밤이 깊어가는 송도의 해변.

한여름 밤바다의 풍경을 즐기는 수많은 인파들 사이에서 검은 옷을 입고 검은 모자를 쓴, 마치 저승에서 온 듯한 모습의 D와 그런 D의 손을 잡고 겁도 없이 쫄래쫄래 따라가는 여섯 살 승희.

때마침 저 멀리 '한여름 밤의 꿈' 콘서트가 열리고 있는 특설 무대 주위에 담배를 사러갔다 돌아온 아버지의 모습이 보인다. 어린 승희가 없어진 것을 알게 된 아버지께서 당황해하며 주위를 두리번거린다.

'아버지! 여기예요! 이쪽이란 말이에요!'

나는 목이 터져라 외치지만 내 목소리에 귀 기울이는 사람은 아무도 없다. 나는 그저 1971년의 밤바다로 '기억'이라는 시간 여행을 온 한낱 방문객에 불과하니까.

무대 주위를 아무리 찾아봐도 승희가 보이지 않자 어딘가를 향해 급히 발길을 돌려 달려가시는 아버지. 대체 아버지께서는 어디로 가시는 건지.

마음이 조급해진 나는 이들을 놓칠세라 다시 D와 여

섯 살 승희를 뒤따른다.

다정하게 승희 손을 잡고 걸어가던 D가 어느 가게 앞에 멈춰 선다. 가게에서 솜사탕을 하나 사서 건네주자 D에 대한 경계심이 완전히 허물어진 승희는 신이 난 듯 했고 또다시 둘은 손을 잡고 어딘가를 향해 걸어간다. 수많은 상점과 횟집, 민박집이 줄줄이 늘어선 송도 해수욕장의 밤거리를 지나가던 두 사람이 어느 건물 앞을 지나는 순간, 세상에서 가장 반가운 얼굴이 이들을 기다리고 있다. 그가 누군지 확인한 난 안도의 한숨을 내쉰다.

아버지다! 이곳에서 아버지가 승희를 기다리고 계시는 것이다! 도대체 어떻게 아버지께서는 이들이 이곳을 지날 줄 알고 여기 서 계신 걸까?

사실 아버지께서는 담배를 사러 갔다 돌아와서 승희가 보이질 않자 황급히 미아보호소를 찾아가게 된 것이고 때마침 D와 승희가 그 앞을 지나게 되면서 셋은 그곳에서 맞닥뜨리게 된 것이다.

"당신은 누구요? 대체 내 아들을 어디로 데려가는 중이란 말이오?"

화가 난 채 따지는 아버지에게 당황한 듯한 D가 떠듬거리며 말한다.

"그… 그건, 대… 댁의 아드님께서 아버님을 찾아 여기저기 헤매고 돌아다니길래 제가 여기 미아보호소로 데리고 왔습니다만…."

말까지 더듬어가며 변명하는 미스터 D. 그러면서 슬쩍 고개를 돌려 어린 승희에게 눈을 찡긋한다.

"아… 그렇다면 정말 고마운 일이겠지요. 자, 아무튼 제 아들을 찾았으니 이제 저는 가 봐야겠습니다. 고맙습니다. 제 아들을 이리로 데리고 와 주셔서."

말까지 떠듬거리며 변명하는 괴이한 행색의 사내가 미심쩍긴 해도 어쨌든 아들을 찾은 아버지는 안도하며 승희의 손을 잡고 발길을 돌려 민박집으로 향한다. 낙심한 듯한 표정의 미스터 D는 민박집으로 되돌아가는 승희 부자의 뒷모습을 한참동안 지켜보다가 어둠 속으로 사라진다.

민박집으로 가는 도중 아버지께서 승희에게 묻는다.

"꼼짝 말고 거기 있으랬는데 왜 아빠 말 듣지 않았니?"

"죄송합니더, 아부지."

D와 있었던 일을 아버지께 이야기하지 않는 승희.

승희는 왜 아버지께 D에 대해 아무 얘기도 하지 않는 걸까?

대화

"이제 기억나셨소? 백 선생."

시간을 거슬러 1971년 여름의 기억을 더듬으며 어린 시절의 승희를 지켜보았던 나는 귓가에서 D의 말소리가 들리자 퍼뜩 정신을 차린다.

여긴 다시 지금으로부터 5년 전의 내가 미스터리의 인물 미스터 D와 마주하고 있는 한밤중의 카페 chaos….

"그날… 당신이었군요. 나를 어디론가 데리고 가려던 사람! 이제 또렷이 기억납니다. 도중에 아버지를 만나자 순간 거짓말로 변명을 하고, 내게 슬쩍 윙크하던 당신의 표정까지도."

언제부터인가 나는 누군가에게 유괴당할 뻔했던 유년시절의 기억을 잊고 있었다. 미스터 D가 되살려준 당시의 기억들에 대해 난 이렇게 말한다.

"당시 어렸던 내가 아버지께 당신과 있었던 일을 이야기하지 않은 건 그대가 나를 해치지 않으리라는 믿음이 있었기 때문이지요. 정말로 내게 뭔가를 보여주고 싶었고, 알려주고 싶었던 당신의 진심에 대한 확신이 있었다고나 할까."

처음 D의 초대를 받고 극한의 공포를 무릅쓰고 카페 chaos까지 왔던 나는 이미 과거에 그와의 만남이 있었고, 당시의 어렸던 내게 무언가를 알려주고자 했던 그에 대한 기억이 생생하게 되살아나면서 D에 대한 두려움이 완전히 사라졌다. 이제 내겐 이자가 누군지, 나와 이 사람과는 대체 어떤 인연이 있는지, 어릴 적 만남 이후 40여 년이나 지난 지금에 이르러 왜 다시 나를 찾아 이곳 카페에 초대하였는지에 대한 의문만이 남아있을 뿐이다.

"말해 보시오! 그때 나를 어디로 데려가려 했는지, 그리고 나와 당신은 어떤 인연이 있는지, 이렇듯 40여 년이 지난 지금에 이르러 왜 또다시 내 앞에 나타났는지를, 모조리 다!"

폭풍 같이 쏟아지는 질문에 D는 빙긋이 미소 지은 채 나를 빤히 쳐다보기만 한다. 한참을 그렇게 쳐다보던 D가 드디어 무언가 작정한 듯 입을 열기 시작한다.

"백 선생, 그대는 죽음 저편엔 무엇이 있다고 생각하시오?"

질문에 대한 답 대신 도리어 내게 엉뚱한 질문을 하는 D. 뜻밖의 질문에 답하지 못하고 머뭇거리는 내게 그가 이어서 말한다.

"인류의 역사가 시작된 이래 단 한 가지, 인간들이 극복하지 못했고 앞으로도 극복할 가능성이 거의 없는, 그러면서도 이를 극복하고자 인간들이 끊임없이 노력해야 하는 유일한 명제가 바로 '죽음'이라는 존재지. 죽음은 인간사 어디에나 스며들어 있다오. 철학, 예술, 문학, 음악, 영화, 심지어 대중가요에까지도, 인간은 태어나면서부터 죽음이란 존재와 대면하면서 언제 우리를 찾아올 지도 모르는 이놈과 맞서 죽을 때까지 싸워야만 한다오."

이 말을 하고선 눈을 감은 채 뭔가를 생각하는 듯 잠시 뜸을 들이던 D가 다시 이야기한다.

"독일 속담 중에 이런 말이 있소. '죽음의 사신死神이온다는 것보다 더 정확한 사실은 없고, 그가 언제 오는가 하는 것보다 더 부정확한 것은 없다'고. 인간에게 있어 죽음은 그 누구도 거부할 수 없는 필연적인 것, 인간의 가장 본질적인 두려움은 죽음이 언제 어떻게 찾아올지도 모르고 그 결과를 알 수도 없다는 데 있소. 인간은 두렵기만 한 죽음을 극복하기 위해 종교와 철학을 만들었지."

이야기 도중 자리에서 일어난 D는 바에 진열된 수많은 양주 중 독한 버번위스키 한 잔을 따라 내게 건네준다. 다시 급할 것 없다는 듯 천천히 자신의 이야기를 이어가는 D.

"대부분의 종교는 사후세계를 이야기하고 있소. 사후세계를 준비하는 법을 대중에게 설파하는 게지. 인간은 죽음의 공포를 이겨내기 위해 종교에 심취하게 되는데 따지고 보면 철학의 목적도 결국 어떻게 죽느냐의 문제와 같은 거라오. 자신의 저서 '에티카(Ehtica)' 에서 인간을 예속하는 죽음에 대한 공포와 미신에 대항하여 싸우면서 죽음이 아닌 삶으로부터 인생을 관망할 것을 권장하고, 죽음은 삶의 또 다른 모습이라며 조금도 죽음을 두려워할 필요가 없다고 얘기한 스피노자(Baruch de Spinoza)란 사나이도 있었지만…."

D가 잠시 말을 끊는 사이 나는 좀 전에 그가 따라준 술을 단숨에 들이킨다. 얼음으로 희석하지 않은 원액 그대로의 스트레이트 위스키가 내 식도를 타고 내려간다. 독한 양주의 후끈한 느낌이 위장을 중심으로 하여 내 몸 전신으로 퍼져나간다. 한동안 공포심으로 얼어붙었던 내 몸이 위스키를 반기며 요동치는 것이다.

D에 대한 공포가 사라진 탓일까? 그에 대한 경계심이 허물어지면서 긴장이 풀린 내가 자리에서 일어나 진열장 위의 위스키 병을 통째로 가져와서 방금 마신 빈 술잔에 술을 가득 채운 뒤 세 잔을 연거푸 마신다. 방금 마신 독한 위스키가 초저녁에 친구와 만나 마셨던 술에 더해져서 취기가 오르자 조금씩 의식이 몽롱해진다. 지금 난 그와 마주하고 있는 이 장면이 꿈인지 생시인지 분간이 안 갈 지경이다.

"자! 대답해 보시오! 백 선생. 그대는 사람들이 죽으면 어디로 간다고 생각하시오?"

비록 모태 신앙으로 태어나면서부터 유아세례를 받은 가톨릭 신자이긴 하지만 난 어릴 적부터 죽음 다음에 어떤 세상이 있을까에 대해 많은 고민을 했었다. 그래서 D에게 사람이 죽으면 하늘나라에 간다거나 죄를 지으면 지옥에 간다는 등의 교과서적인 대답 대신 다른 답을 내놓았다.

"비록 가톨릭을 믿는 집안에서 태어났지만…. 나는 죽음 다음엔 또 다른 세상이 있다고 생각합니다. 거기엔 먼저 이 세상을 떠난 내가 사랑하는 사람들이 살고 있어 내가 오기를 기다리고 있다고."

한껏 취기가 오른 나는 평소 생각해오던 죽음 다음의 세상에 대한 나만의 생각을 이야기한다.

"또 다른 세상에서 먼저 가 있는 사랑하는 사람들과 다시 만나 행복하게 산다는 얘기? 그렇다면 거기서 생을 마감한다면 또 어디로 간단 말이오?"

"그러면 또 다른 세상에서 태어나 또 다른 인생을 사는 거지요."

"하하하~ 백 선생, 그대는 뼛속 깊이 가톨릭 신자이면서도 죽음에 있어서만큼은 불교의 윤회輪廻 사상을 신봉하는구려. 하기야 윤회는 부처가 탄생하기 이전에도 인도 아리안들 사이에 널리 퍼져 있는 보편적인 사상이기도 했지요. 서양의 경우 고대 이집트 종교나 피타고라스 학파4), 영지주의5), 헤르메스주의6) 등에서 윤회를 믿었거나 믿고 있으니 동서양을 막론하고 어쩌면 인류는 도저히 극복할 수 없는 이 죽음이란 존재에 대해 이렇게 해석을 할 수 밖에 없을는지도 모른다오."

술기운이 점점 오른 난 또다시 빈 술잔에 위스키를 가득 따르고 단숨에 들이킨다. 졸리기도 하고 취하기도 한 상태이지만 D와의 대화가 너무나 흥미로워진 나는 지금의 이 대화가 영원히 멈추지 않기를 바라고 있다.

"현재 살아 있는 인류 중 유일하게 환생이 입증된 달라이 라마라는 라마교 종주도 있듯이, 어쩌면 백 선생 주장대로 인류는 끊임없이 윤회를 반복할지도 모를 일이요."

원하는 답을 주지 않자, 나는 D의 말을 끊고 질문을 던진다.

"그런데, 당신은 왜 아직도 내 질문에 답하지 않는 거요? 대체 그대의 정체는 뭐란 말이요?"

"고트 이스트 톳트(Gott ist todt)!"

만취한 내게 갑자기 D가 버럭 큰 소리를 지른다. 그리고는 나지막하게 읊조리듯 뒷말을 이어간다.

"독일의 철학자 니체가 한 말이지. 신은 죽었다. 신은 죽어 있다. 그리고 우리가 그를 죽였다. 살인자 중의 살인자인 우리는, 어떻게 안식을 얻을 것인가?"

잠시 동안 둘 사이에 침묵이 흐른다.

"니체는 자신의 대표적 저서 '차라투스트라는 이렇

게 말했다'에서 말했소. 만약 신들이 존재한다면 어찌 우리는 우리가 신이 아니라는 것을 견딜 수 있겠느냐, 그런고로 신들은 존재하지 않는다고."

느닷없이 뜬구름 잡는 독일 철학자의 이야기를 늘어 놓는 D, 그가 자신의 이야기를 이어간다.

"인간은 죽음이라는 인류 최대의 난제를 해결하기 위해 종교와 철학을 만들었지만 인류가 진정으로 이 문제를 해결하려면 신과의 관계를 완전히 끊고 인간 스스로의 힘으로 일어서야만 하오. 신이니 종교니 철학이니 하는 현학적衒學的인 말로 이 문제를 적당히 얼버무려서는 안 된다는 말이오."

"그래서 나더러 어쩌란 말이요? 난 그저 의사로서 하루하루를 열심히 살아갈 뿐 그런 거창한 일에 신경 쓸 여력도 없고 관심도 없습니다."

"백 선생, 그대는 죽음이 두렵지 않소?"

내 질문에 대한 대답은 하지 않고 또다시 D가 묻는다. 사실 그 무렵의 나는 과다한 병원 업무에 시달려 육체적으로 많이 힘들었던 시기를 겪고 있었다. 하지만 당시의 난 의사로서 정신적으로 너무나 강하게 무장되어 있던 시기였던지라 정신이라는 소프트웨어를 육체라는 하드웨어가 따라가지 못해 결국 육체가 망가지지 않을까 우려하고 있었다.

"난 말이요. 지금이 내 인생에 있어 육체적으로 가장 힘든 시기지만 내 정신만큼은 그 어느 때 보다 강인하다고 생각하고 있습니다. 가끔은 쉬고 싶다는 생각이 들 때도 있지만 결국 사람은 죽는 것, 세상이 날 필요로 하고 일할 수 있을 때 최대한 열심히 일하자고 나 자신을 채찍질합니다. 어차피 죽고 나면 영원히 쉴 수 있을 테니까. 오늘 하루를 최대한 열심히 산다면 당장 내일 죽더라도 나는 여한이 없습니다. 그래서 난 죽음이 두렵지 않소."

그러자 D가 내게 말한다.

"자, 지금이야말로 그대가 내게 궁금해 하는 걸 이야기해야 할 때인 것 같소. 그대의 다음 생에 대한 생각, 죽음에 대한 마음가짐 등을 알게 되었으니 말이요."

히스토리

드디어 자신의 정체를 밝히려는 걸까? 삶과 죽음, 그리고 죽음 저편의 세상에 대한 심오한 대화와 연거푸 마셨던 독한 위스키로 인한 취기로 그에 대한 두려움이 완전히 사라진 지금에서야 나는 D의 얼굴을 찬찬히 들여다본다.

처음 카페 chaos의 문이 열릴 때 언뜻 보았던 홍안의 미소년을 연상하게 하던 첫인상과는 달리 생각보다 이 사람은 나이가 많다. 찢어진 청바지에 하얀 티셔츠를 입고 길고 치렁치렁한 머리칼을 곱게 빗어 뒤로 넘겨 묶은 탓에 전체적 분위기만 젊어 보였을 뿐이다. 자세히 보니 나이가 적어도 6, 70 정도는 된 듯 얼굴 곳곳에

깊게 패인 주름이 그간의 세월의 흔적을 말해 주는 듯하다. 두텁고 둥근 이마에 짙게 난 눈썹이 심하게 굽은 매부리코의 끝과 닿을 듯 하고 그 나이 치고 머리색깔이 까맣지만 전반적인 분위기는 동양인이라기보다는 동유럽권 인종의 피가 섞인 듯한 이국적인 마스크의 미스터 D. 처음 대면했을 때의 발그스레했던 그의 뺨은 어느 샌가 다시 극도로 창백하게 변해 있다. 백지장처럼 하얀 얼굴에 대비되는 유난히 붉은 입술 위로 말할 때마다 날카로운 하얀 송곳니가 삐져나오는 D의 모습은 아일랜드 작가 브램 스토커가 자신의 소설 '드라큘라'에서 묘사했던 드라큘라 백작과 닮아 있다.

나의 상념을 깨는 D의 말이 다시 이어진다.

"서기 106년, 로마 황제 트라야누스(Trajanus)가 로마에서도 한참 떨어진 발칸반도를 정복한 후 다키아(Dacia)라 불리는 속주를 건설하였지. 그 후 그곳으로 로마 사람들의 이주가 시작되었다오. 다키아라는 풍요로운 토지를 찾아서 로마 제국 각지에서 적게는 65만에서 많게는 120만에 이르는 사람들이 발칸반도로 이주하면서 기존의 동유럽 인종에 로마계 사람들의 피가 섞이게 된 거지."

그의 비밀이 밝혀지려는 중요한 순간이지만, 나는 점

점 더 의식이 몽롱해진다.

'정신 똑바로 차리자! 백 선생!'

스스로 주문을 걸고 난 그의 얘기에 빠져든다.

"백 선생, 그대는 루마니아라는 나라에 대해 얼마나 알고 있소?"

'아! 이 세상의 모든 지식이 머릿속에 다 들어 있는 듯한 이자는 왜 자꾸 내게 어려운 질문만을 하는 걸까?'

문득 이런 생각이 든 나는 평소 내가 알던 루마니아라는 나라에 대한 짧은 지식을 그에게 말한다.

"동유럽 어딘가에 있는 나라 아니오? 독재자 차우셰스쿠가 지배하다 1980년대 말 혁명을 요구하는 시민들에게 쫓겨났던."

"하하하~, 그대의 머릿속에 존재하는 루마니아라는 나라는 그게 다요? 하기야 동유럽 어딘가에 있는 작은 나라에 관심 가질 동양 사람은 거의 없다는 게 맞을지도 모르지. 루마니아는 라틴어 로마누스(romanus)에서 비롯된 단어라오. '로마인의 언어를 사용하는 사람과 토지' 라는 의미를 지니고 있지. 16세기 르네상스 시절의 인문주의자들이 발칸반도에 위치한 트란실바니아, 왈라키아, 몰다비아 이 세 지역을 여행하면서 이름 붙인 데서 이 단어가 기원했다고 전해진다오. 훗날 19세기, 이 지역에 민족주의가 대두되고 오스만으로부터 독립하게 되면서 루마니아라는 명칭은 공식적인 국가명이 되었지."

조금 전까지만 해도 종교와 철학과 삶과 죽음, 죽음 다음의 세상에 대해 이야기하던 D가 갑자기 동유럽 어느 작은 나라의 역사에 대해 이야기를 하기 시작한다. 이자가 내게 하고 싶은 말은 대체 뭐란 말인가? 취기와 피곤함으로 점점 혼미해가는 의식을 필사적으로 붙들어가며 또다시 나는 그의 천일야화 속으로 빠져든다.

"모든 길은 로마로 통한다."

D가 말한다.

"17세기의 프랑스 시인 라 퐁텐의 시집 '우화'에서 처음으로 나온 말이지. 기원전 27년 카이사르의 조카 손자 옥타비아누스가 로마를 지배하게 되었을 때 원로원은 그에게 '존엄한 자'라는 뜻의 '아우구스투스'라는 칭호와 함께 절대적인 권한을 부여했소. 사실상 그는 황제의 지위를 누리며 제정 로마 시대의 테이프를 끊게 되었고, 그 후 200년 동안 로마제국은 국내외적으로 평화를 누릴 수 있었지. 이를 '팍스 로마나(로마의 평화)'라 일컫는다오. 백 선생도 이미 잘 알고 있는 역사적 사실일 테지만."

'팍스 로마나, 고등학교 시절 세계사 시간에 들어본
적 있었지. 고대 로마제국의 황금시대, 모든 길은 로마
로 통한다란 말도.'

내가 혼자 생각하는 동안 D가 다시 말한다,

"팍스 로마나를 이끈 5현제賢帝 중 한 명인 트라야누
스(Trajanus) 황제 때에 로마제국의 영토는 가장 확대되
었소. 당시 지중해 일원은 말할 것도 없고, 멀리 브리타
니카-지금의 영국-와 티그리스 강 및 유프라테스 강 유
역까지도 그들의 지배 아래 두었다오. 진실로 모든 길
은 로마로 통하던 시기였지. 그 시절 다뉴브 강 너머 발
칸반도에 위치했던 다키아 속주는 풍요로운 토지를 지
닌 행복한 동네였소. 당시 사람들은 이를 행복한 다키
아(DACIA FELIX)라 불렀지. 절대 망하지 않을 것만 같던
로마제국이 점차 몰락하면서 결국 서기 271년 이후 로
마는 이 지역을 포기하고 물러나야만 했었지."

이야기를 하다 말고 잠시 숨을 돌리던 D가 크게 한
숨을 쉰다. 그리곤 내게 아주 중요한 이야기를 한다.

"로마제국의 황금기, 팍스 로마나 시대에 건설되었
던 다키아 속주는 지금의 남부 루마니아에 해당하며
지금의 루마니아라는 나라로 불리기 이전에는 '왈라키

아(Walachia)[7]'라 불렸다오. 그곳이 바로 내 고향이오."

술에 취해 정신이 몽롱한 가운데 D의 말을 듣던 난 정신이 번쩍 든다. 베일에 싸인 인물 D가 자신의 고향을 이야기하고 있는 것이다. 그렇다면 미스터 D. 이자는 한국 사람이 아닌 루마니아에서 온 이방인이란 말인가?

"로마 제국이 왈라키아 지방을 포기하고 물러난 후 이 지역은 여러 민족의 쟁탈지가 되었소. 내 고향 왈라키아는 발칸반도 중간에 위치하면서 접근이 용이한 평야 지역에 있었기 때문에 지리적으로 독립을 이루지 못했기 때문이라오. 외세의 침략이 잦았던 구한말 한국의 상황과 비슷했다고나 할까."

계속되는 이야기에 목이 탔던 걸까? 자리에서 일어난 D가 바텐더 자리 뒤 선반을 열더니 그 안에 있던 커피포트를 꺼낸다. 그러곤 카페 내부에 비치돼 있던 아주 오래된 듯한 구식 냉장고로 가서 그 안에 있던 생수 한 병을 꺼내 온다. 그가 생수 뚜껑을 열고 커피포트에 물을 붓는다. 잠시 후 커피포트에서 삐익~ 하면서 물 끓는 소리가 들린다.

"사실은 이 이야기를 하기 위해 지금까지 그대에게 이런저런 얘기를 해왔소. 취하기도 하고 졸리기도 하겠지만, 지금부터 하는 내 이야기를 집중해서 들어야만 하오. 백 선생. 진한 블랙커피 한 잔 만들어 드릴 테니."

그가 잠시 자리를 옮겨 커피 물을 끓이는 동안 꾸벅꾸벅 졸던 나를 잠시 후 다가온 D가 깨운다. 그리곤 자신이 끓인 진한 블랙커피 한 잔을 내게 건넨다. 이제는 자정을 훨씬 지나 새벽으로 향하는 시점, 별다른 장식 없는 카페 내부에 홀로 외로이 벽에 기대 서 있던 낡은 괘종시계가 새벽 3시를 알리는 구슬픈 종소리를 낸다. 댕… 댕… 댕…

"내 고향 왈라키아, 꿈에도 그리는 그곳…."

'지금부터가 진짜 D의 이야기다….'

D가 건넨 블랙커피를 마시며 정신을 차리던 나는 이제 진심으로 그의 이야기에 빠져들기 시작한다.

"서기 271년 로마제국이 물러난 후 왈라키아는 고트족, 훈족, 비잔틴 제국, 불가리아 제국, 헝가리의 마자르족에 이어 남부 러시아의 쿠만 족의 지배를 받게 되었다오. 그 후 칭기즈칸의 뒤를 이은 오고카이 칸의 둘째 아들 바투의 대규모 러시아 원정으로 동유럽의 주요 세력들은 몽골 제국에게 큰 피해를 입었지. 그때 생긴 힘의 공백을 틈타 13세기 후반 무렵 최초의 왈라키아 군주(voivodes)가 탄생했다오."

자신의 고향이 눈앞을 스쳐 지나는 듯, 두 눈을 지그시 감고 미소 지으며 읊조리는 미스터 D.

"1290년대 무렵 라두 네그루(Radu Negru - 검은 라두라는 뜻-)에 의해 최초로 왈라키아가 건국되었고, 1310년에서 1352년 사이 바사라브 1세(Basarab 1 thr Founder)가 왈라키아의 군주로서 첫 번째 왈라키아 공(prince of Wallachia)이 되면서 진정한 의미의 왈라키아 왕조가 시작되었소."

블랙커피를 마셔가며 흥미를 가지고 D의 이야기를 듣던 나는 장황하게 늘어놓는 그의 루마니아 연대기에 또다시 정신이 혼미해지기 시작한다. 그런 내 마음을 아는지 모르는지 자신의 이야기에 취한 D는 하던 이야기를 멈추지 않는다.

"당시 동유럽의 강대국 헝가리에 머리 숙일 수밖에 없던 신생 왈라키아 공국公國의 바사라브 1세는 헝가리 왕국의 제후가 되었소. 당시 신성로마제국과의 전쟁에 돌입했던 헝가리 역시 갓 탄생한 신생 왕국에 신경 쓸 여지가 없었던지라 두 나라는 쉽게 평화 조약을 맺게 되었다오. 이에 바사라브 1세는 자신의 왕조를 군건히 이어가게 되는데, 1352년 그는 아들인 니콜라스 알렉

산더(Nicholas Alexander)에게 군주의 자리를 물려주었소. 1364년 블라디슬로프 1세(Vladislav 1)로 이어진 왈라키아 공위는 1377년 그 동생 라두 1세(Radu 1)로 이어졌다오."

그의 이야기가 지루하게 이어지자 참지 못하고 꾸벅꾸벅 조는 나를 향한 그의 목소리가 높아진다.

"고대 그리스의 작가이며, 음유시인이라고도 하는 호메로스가 대서사시 '오디세이아'에서 말했지. 잠은 눈꺼풀을 덮어 선한 것, 악한 것, 모든 것을 잊게 하는 거라고. 하지만 백 선생! 지금은 깨어 있어야 할 때요. 지금이야말로 내가 평생을 기다려온 순간이란 말이요!"

점점 희미해져 가는 의식의 끝자락을 붙든 내가 겨우 입을 연다.

"지금은 잊힌 동유럽의 작은 나라 왈라키아의 역사에 대해 이렇게까지 내가 소상하게 알아야 할 이유가 대체 뭐란 말이요? 난 지금 하는 당신의 이야기에 전혀 관심이 가질 않습니다."

하지만 내 말을 못 들은 채 D는 자신의 이야기를 계속해서 이어간다.

"라두 1세의 아들인 단 1세(Dan 1)가 1383년 공위에 오른 후 전쟁 중에 암살을 당하자 이복동생인 미르세아 1세(Mircea 1)가 1386년 군주의 자리에 오르게 되는데 당시 사람들에게 그는 대 미르세아(Mircea the Elder)라 불렸지. 대 미르세아. 그는 바로 나의 아버지라오. 그리고 나는 그의 아들 블라드 2세, 블라드 드라쿨(Vlad Dracul) 이지."

'이게 무슨 소린가?'

비몽사몽, 잠에 취했던 나는 '블라드 드라쿨'이라는 단어가 들리는 순간, 길고 커다란 바늘이 내 머릿속을 후벼 파는 듯한 충격에 눈을 번쩍 떴다. 처음 카페 chaos에 발을 들이던 순간 내게 자신을 D라 소개하면서 기왕이면 Dracul의 D라 생각해 줬으면 한다는 그의 말이 정녕 사실이었단 말인가? 이자는 제 정신이 아니다. 지금 이자는 그 옛날 14세기 후반 동유럽의 작은 나라 왈라키아에 살았던 블라드 드라쿨이라는 역사 속 인물이 자신이라며 내게 말하고 있는 것이다.

전생, 그리고 환생

새벽을 향해 치닫는 카페 chaos.

마주하고 있는 미스터 D와 나 사이에 죽음만큼이나 고요한 침묵이 흐르고 있다. 지금껏 내게 삶과 죽음, 죽음 다음의 세상, 종교와 철학, 중세 유럽의 역사에 대해 얘기하던 이자가, 자신을 옛 루마니아인 왈라키아라는 조그마한 나라의 역사 속 인물 블라드 드라큘이라고 나에게 주장한다. 그의 말에 엄청난 충격을 받은 나는 눈을 감은 채 옛일을 회상하는 듯한 D를 바라보며 생각에 잠긴다.

'이자가 정신이상자란 사실은 틀림없다. 그런데 만에 하나, 정말 만에 하나 이자의 주장이 사실이라면,

그렇다면 이자는 600년 이상을 죽지 않고 지금까지 살아왔다는 말인데, 아! 이자는 왜 나를 이곳으로 초대한 걸까? 내게 도대체 무얼 얘기하고 싶은 걸까?'

"당신은 지금 말도 안 되는 이야기를 하고 있소. 그대의 말대로라면 미스터 D, 당신은 600년 이상을 죽지 않고 살아왔다는 얘긴데 그 이야기를 지금 날더러 믿으란 말이요? 정녕 당신은 죽지 않는 불사신이란 말이요? 내가 보기에 당신은 자신이 그 옛날 동유럽에 존재했던 역사 속 인물 블라드 드라큘이라는 망상에 사로잡힌 한낱 정신병자에 불과할 뿐이오!"

거칠게 반발하며 말하는 나를 옅은 미소를 띤 채 야릇한 표정으로 빤히 쳐다보는 미스터 D, 또다시 우리 두 사람 사이에 침묵이 흐른다. 그렇게 얼마나 시간이 흘렀을까? 영원히 이어질 것만 같던 긴 침묵을 먼저 깬 건 D였다.

"죽음 다음의 세상을 믿으며 죽음이 두렵지 않다는 백 선생이 역으로 지금의 삶 이전의 생이 있다는 사실을 믿지 않고, 나를 미치광이 노인네 취급한다는 게 오히려 난 믿기지 않소. 백 선생은 인간이 끊임없이 윤회를 반복한다고 믿는다면서 어찌하여 지금의 삶 이전의 삶, 즉 전생이 있었다고는 생각하지 않는단 말이요?"

D의 이야기를 듣고 나는 멈칫한다.

'전생이라… 죽음 이후의 또 다른 세상이 있다면 지금의 삶 이전의 세상 또한 존재할 수도 있기는 하겠지. 그렇다면 이자는 지난 600여 년 동안 죽지 않고 살아왔다는 게 아니라 자신의 전생을 이야기하고 있단 얘긴데….'

지금까지 살아오면서 죽음 이후의 세상은 생각해 봤었어도 나 자신의 전생에 대해서는 깊이 생각해 보지 않았고 관심도 없었던 내가 D의 말을 듣고 보니 전혀 틀린 말은 아니라는 생각이 든다. 심각한 표정을 지으며 혼자 생각에 잠긴 나를 한동안 지켜보던 D가 말한다.

"망각의 강 레테(Lethe), 망자들이 죽음의 신 하데스가 다스리는 저승에서 반드시 거쳐야 할 다섯 개의 강 중의 하나이지. 죽은 자들은 레테의 강물을 마시고 이승에서의 기억을 모두 지우고 새로운 육체 속에 들어가 다시 태어나기 위한 준비를 하게 된다오. 아! 물론 이 강이 고대 그리스, 로마 신화에 나오는 얘기란 것쯤은 백 선생도 이미 알고 계시겠지만…."

'망각의 강 레테, 죽은 자들은 명계로 가면서 레테의 강물을 한 모금씩 마시게 되는데, 강물을 마신 망자는 과거의 모든 기억을 깨끗이 지우고 전생의 번뇌를 잊게 된다는 그 강이 아니던가? 뜬금없이 이자는 망각의 강 레테를 왜 내게 이야기하는 걸까?'

레테의 강에 이어 또 다른 흥미로운 이야기를 시작하는 D.

"데자뷔(deja vu)라고 들어보셨소? 한국말로는 기시감이라고도 하지. 하기야 백 선생은 닥터니까 나보다 더 잘 알거라 믿소이다만."

모처럼 내가 아는 이야기를 하는 D, 나는 자신 있게 데자뷔 현상에 대해 이야기하기 시작한다.

"최초의 경험임에도 불구하고, 이미 본 적이 있거나 경험한 적이 있다는 이상한 느낌이나 환상을 프랑스어로 데자뷔라 합니다. '이미 보았다'는 의미인데 처음 가본 곳인데 이전에 와 본 적이 있다고 느끼거나 처음 하는 일을 이전에도 했었던 것처럼 느끼는 현상이지요. 우리가 살아가다 보면 자신이 지금 하고 있는 일이나 주변의 환경이 마치 이전에 경험한 듯한 느낌이 들 때가 있고 대부분 꿈속에서 본 적이 있는 것 같다고 말하는데 이를 데자뷔 현상이라고 일컫는 게지요."

"흥미로운 얘기요. 그대가 아는 데자뷔 현상에 대해 좀 더 설명해 주실 수 있겠소? 내게 좀 가르쳐 달란 말이요."

도무지 모르는 게 없을 것 같던 D가 처음으로 내게
가르침을 청하자, 나는 신이 나서 이야기를 이어간다.
이 얘긴 평소 내가 관심이 많았던 데다가 의사인 나의
분야이니까.

"또 다른 학설은 무의식에 의한 행동이나 망각된 기
억이 뇌에 저장되어 있다가 그것이 유사한 경험을 만
났을 때 되살아나는 것으로 보는 것입니다. 사람의 뇌
는 엄청난 기억력을 가지고 있어서 스치듯이 한 번 본
것도 잊어버리지 않고 차곡차곡 뇌세포 속에 저장하는
데, 이런 세포 속의 정보들을 모두 꺼내는 것은 아니고
자주 보고 접하는 것들만 꺼내본다고 합니다. 하지만
인간의 뇌는 훨씬 많은 것을 기억하고 있죠. 때문에 우
리가 무의식 중에 했던 일을 다시 하거나 방문했던 곳
에 갔을 때, 처음 하는 일 같은데 아련히 똑같은 일을
한 것처럼 느끼는 거라고 합니다. 1900년 프랑스의 의
학자 플로랑스 아르노가 처음 이러한 현상을 규정하였
죠. 이후 초능력 현상에 강한 관심을 갖고 있던 에밀 보
아락이란 사람이 처음 데자뷔라는 용어를 사용하였다
고 합니다. 보아락은 데자뷔 현상의 원인을 과거의 망
각한 경험이나 무의식에서 비롯한 기억의 재현이 아니

라 그 자체로서 이상하다고 느끼는 뇌의 신경화학적 요인에 의한 것이라고 해석하지요."

마치 D에게 강의라도 하듯이, 나는 계속해서 이야기한다.

"이미 보았다는 느낌은 자아가 현실에 대한 경험을 억압된 무의식적 환상 내용의 기억 또는 금지된 소망과 관련된 과거의 어떤 구체적 경험에 맞추어 변경하는, 방어적인 퇴행 현상으로 보는 게 요즘 정신의학계의 정설…."

"그만! 그만! 그게 아니란 말이요!"

D가 갑자기 고함을 지르며 내 말을 가로막는다. 그리곤 바텐더 자리에서 벌떡 일어나 씩씩거리며 날 노려보다 다시 자리에 앉는다. 데자뷔에 대해 가르쳐 달라는 D에게 의사로서 내가 아는 지식을 소상히 설명했을 뿐인데, 뜻밖의 반응에 난 그저 어안이 벙벙할 따름이다. 잠시 후 치밀던 화를 가라앉힌 듯 D가 말한다.

"과학은 미개한 현대인들이 만들어 놓은 또 다른 미신에 불과할 따름이오. 인간들은 현대 과학으로 규명될 수 없는 일들은 모조리 미신이라고 터부시하고 이단이라며 비판하지. 17세기 초 이탈리아의 천문학자이자 물리학자인 갈릴레오 갈릴레이가 지금은 만고의 진리인 지동설을 주장하자 천동설을 믿던 당시의 식자들과 로마 교황청으로부터 이단으로 몰려 혹독한 고초를 겪었던 사실을 그대는 잊으셨소? 미개한 현대 문명이 밝혀내지 못한 진실을 주장하는 사람들이 박해받는 과거의 악습이 지금도 되풀이되고 있단 말이오. 자, 생각해 보시오. 이 세상에 과학으로 입증하지 못하는 진실들이 얼마나 많은지를. 의사인 그대가 아는 데자뷔 현상 역시 마찬가지, 백 선생은 데자뷔가 그대가 망각하고 있던 전생의 기억이란 걸 알아야만 하오. 에밀 보아락이란 사람이 주장한 단지 뇌의 신경화학적인 요인이 아니라…."

미스터 D는 데자뷔 현상을 우리가 잊고 있는 전생의 기억의 한 단면이라 주장한다. 나도 가끔 어떤 일을 하다 이전에 똑같은 일, 똑같은 상황을 경험했었다는 기묘한 느낌이 들 때가 있긴 했다. D의 이야기대로라면 그것이 내가 전생에서 실제로 경험했었던 과거의 기억들이란 말인가? 나는 갑자기 머릿속이 뿌옇게 흐려지며 혼란에 빠지기 시작한다.

"현대의 정신분석학 이론은 퇴행치료를 이용해 전생의 기억을 알아내는 수준에 이르렀소. 그런데 어떤 연유에서인지 학계에서는 비과학적이라며 이를 인정하지 않고 있소. 하지만 지금의 정신분석 이론 역시 절대적인 진리가 아니오. 프로이트니, 융이니, 에릭슨이니 하는 현대 정신분석학자들이 만들어 놓은 가설에 불과할 따름이라오. 그야말로 가설 또는 이론에 지나지 않는단 말이요."

'퇴행치료…. 최면요법이나 상담요법을 통해 어린 시절 혹은 모태에 있을 때로 돌아가서 물리적인 치료가 불가능한 병의 원인을 알아내고 그 원인을 당사자가 자각하게 하는 순간 즉시 치유되게 한다는…. 나는 정신과를 전공한 의사가 아니지만 의사로서 이 정도까지는 알고 있다. 하지만 이자는 정신분석학자 이상의 지식을 가지고 있다. 아, 이자는 도대체 모르는 게 무얼까? 종교, 철학, 역사, 게다가 현대 정신분석학 이론까지…'

끝을 알 수 없는 D의 지식에 감탄하는 나. 그런 나를 가르치는 듯한 D의 이야기가 계속해서 이어진다.

"많은 정신의학자와 심리학자들이 퇴행치료를 하며 최면요법을 시행하는 과정에서 어린 시절이나 어머니의 자궁 속 기억을 훨씬 앞서서 전생의 기억까지 말하는 환자들을 만나게 되었소. 그리고 그들이 자신의 전생의 기억을 스스로 말하고 이를 인지하면서 그동안

치료가 불가능했던 환자들의 병을 고치는 무수한 사례를 접하게 되었단 말이요. 그 과정에서 환자들의 전생에 있었던 역사적인 일들을 기록하여 확인해 본 결과 놀랍게도 정확하게 일치하였다는 거요. 예를 들어 퇴행치료를 받던 환자의 중세 혹은 수백 년 전의 전생의 기억들을 추적하여 확인하는 과정에서 실제로 그런 인물이 존재했고, 그러한 중세의 성과 집들, 형체들이 지금도 엄연히 존재한다는 사실이 밝혀진 거지. 이뿐만 아니라 이 세상에는 자신의 전생을 기억하는 사람들이 무수히 많소. 이런 사례들은 책이나 다큐멘터리 등을 통하여 대중들에게 여러 차례 소개되었고 그 밖에 우리 주변에도 이와 유사한 사례는 수도 없이 많다오."

아! 담배… 담배가 없다. 아까 카페 앞에서 문이 열리길 기다리면서 두려움을 극복하고자 피웠던 담배, 그게 마지막 담배였던 모양이다. 나의 지적 호기심을 끊임없이 자극하는 그의 이야기를 듣고 있는 지금 이 순간, 내겐 담배 한 모금이 절실하게 필요하다.

"지금 이 순간 백 선생은 담배 생각이 간절할 것이오. 자, 한 대 피우시오."

내가 담배를 간절히 원하는 걸 알기라도 한 듯이 담배 한 개비를 자신이 입고 있던 청바지 뒷주머니에서 꺼내 건네는 D. 그에게서 받은 담배는 필터가 없다. 그냥 말린 담뱃잎을 종이에 만 듯한, 보통 가게에서 구입할 수 없는 그런 담배다. 아쉬운 대로 내가 그 담배를 입에 물자 D가 라이터를 꺼내 불을 붙여 준다. 그도 담배 한 대를 입에 물고 불을 붙인다.

"예전에 내가 네덜란드에 있을 때 주로 피우던 담배요, 어떤지 한번 맛보시오."

나는 담배 한 모금을 빨아들인다. 담배 연기가 내 입에서 성대를 지나 폐에 진입하는 순간 머리가 띵 해진다. 어지럽다. 정신이 몽롱해진다. 이건 그냥 우리들이 피우는 일반적인 담배가 아닌 듯하다. D가 다시 말한다.

"현대 신경정신분석학의 시조이자 대부인 20세기의 학자 지그문트 프로이트란 사람은 무의식無意識이란 인간정신의 가장 크고 깊은 심층에 잠재해 있으면서 의식적 사고와 행동을 전적으로 통제하는 힘이라 하였소."

그의 말소리가 저 멀리서 들려오는 듯하다. 어질어질하다. 그가 건넨 담배 한 모금에 하늘을 나는 듯한 기분이다.

"프로이트는 전의식과는 달리 무의식은 전혀 의식되

지 않지만, 사람들의 행동을 결정하는 주된 원인이 된다고 했소. 그는 인간의 모든 생활경험은 잠시 동안만 의식의 세계에 있을 뿐 주위를 다른 곳으로 바꾸거나 시간이 지나면 그 순간에 의식의 경험들은 전의식을 거쳐 깊은 곳으로 들어가 잠재하게 된다고 하며 이를 무의식이라고 했소."

D로부터 프로이트의 이야기까지 듣게 된 나. 점점 더 눈꺼풀이 무거워진다.

"의식 밖에서 억압되는 어떤 체험이나 생각은 소멸되는 것이 아니라 무의식 속으로 들어가 잠재하여 그 개인의 행동에 강력한 영향력을 행사하게 된다고 프로이트는 주장했소. 그리하여 억압된 생각이나 체험 혹은 그 밖의 잠재된 경험들은 생물학적 충동이나 어떤 일과 연상되어 나타날 때 현실에서 불안을 일으키고 다시 밑으로 밀려나 끝없는 무의식적 갈등이 된다고."

정체불명의 담배로 점점 의식이 흐릿해지는 나에게 D가 담배 한 대를 더 건네고 불까지 붙여준다.

"이러한 무의식적 갈등을 분석하여 환자를 치료하는 정신분석학적 방법은 초기에 최면술로 시도되었소. 훗날 프로이트는 자유연상법-그저 환자의 머릿속에 떠오르는 像을 막힘없이 말하는 것-을 주창하며 억압된 무의식을 의식화하였고, 이로써 프로이트는 무의식이 추상적인 것이 아니라 증명될 수 있고 제시될 수 있는 현실이라고 주장했다오. 그는 40여 년간에 걸쳐 자유연상 방법으로 무의식을 탐구했고, 최초로 포괄적인 성격이론을 발전시켰지."

몽롱한 의식 가운데 나는 생각한다.

'이자는 대체 내게 무슨 소리를 하고 있는 거지? 정신과를 전공한 전문의들도 어려워하는 프로이트의 정신분석학 이론을 왜 내게?'

"백 선생은 닥터라 이미 잘 아시겠지만 프로이트의 정신분석 이론엔 원초아(id), 자아(ego), 초자아(superego)란 개념이 있소. 그는 원초아란 정신활동의 에너지 원천으로 이로부터 자아가 발생하며, 자아로부터 초자아가 발생하게 된다고 했소. 원초아, 즉 이드는 쾌락의 원리에 의해 지배되며 고통을 최소로 줄이고 쾌락을 최대화시키는데 작용한다고 그는 말했소. 또 생물학적 측면이 강하고, 본능의 욕구를 충족시키기 위해 비논리적이고 맹목적으로 작용하며, 욕망의 충족을 위해 계획을 세우거나 사고하지 않고 즉각적인 욕망의 충족을 바라고 움직여서 곧바로 긴장과 고통이 없는 균형 상태로 가고자 한다고 프로이트는 주장했소. 이드는 무의식적으로 이루어진다고….

즉, 이드의 작용은 고통을 최소로 줄이고, 대신에 쾌락을 최대화하기 위하여 즉각적으로 긴장을 해소하려고 하는 것! 다시 말해서 이드란 생득적인 것으로 기본적인 생물학적 반사 및 충동, 그리고 본능 등을 포함하고 있다고 그는 말했소. 우리가 꾸는 꿈도 여기에 포함된다고….”

아, 이자는 대체 무슨 소리를 하고 있는 걸까? 그가 건넨 담배를 연속으로 피운 나는 마치 꿈속을 헤매는 듯한 기분이다.

“그는 현실을 이해하고 판단하며 미래에 대한 계획을 세우고 논리적인 사고와 외부 현실을 지각하는 자아(ego)와 한 개인의 양심 같은 도덕적인 규범에 해당하며 쾌락보다는 완전함을 추구하는 초자아(superego)란 개념까지 규정하였지만…”

하던 말을 멈추고 자신의 뒷주머니에서 담배 한 대를 꺼내더니 불을 붙이는 D. 그가 담배를 빨아들이자 빨갛고 동그란 담뱃불이 더욱 빛을 발한다. 기분이 좋아진 듯 그는 다시 자신의 이야기를 이어간다.

“전생에 대한 모든 기억은 이드에 들어 있지. 프로이트가 비논리적이고 본능적이라며, 가장 하위개념이라 말한 이드에 우리 인류의 비밀이 담겨져 있단 말이오."

"그게 무슨 말이오? 쾌락만 추구하는 이드에 무슨 인류의 비밀이 숨겨져 있단 말이오?"

꿈을 꾸고 있는 듯 몽롱한 의식 가운데서도 '인류의 비밀'이라는 D의 마지막 말이 나의 정신을 번쩍 들게 만든다.

"그는 불타는 가스로 된 태양 위에 앉아 있는 꿈을 꾸었지. 지글거리며 칙칙 소리를 내는 행성들이 그의 옆을 지나서 쉬어 가는데, 그 모든 행성들은 태양 주위를 돌며 태양과 가느다란 거미줄로 매어져 있는 것처럼 보였다오. 그러다 갑자기 가스가 고체화되고, 태양과 행성들은 수축하며 응고되는 순간 잠에서 깨어난 그는 꿈에서 본 것이 원자 모형이란 것을 즉시 알아차렸지. 1922년 그는 이 꿈으로 노벨상을 수상했다오."

D가 숨도 쉬지 않고 말을 이어간다.

"덴마크의 물리학자이며 양자역학의 주창자, 닐스 헨리크 보어(Niels Henrik David Bohr)의 이야기요. 그는 꿈에서 진기한 태양계의 모습을 보았고 이를 본 딴 원자 구조이론이 현대 원자물리학의 기초가 되었소. 모차르트는 자신이 작곡한 작품들은 모두 꿈에서 온 것이라고 얘기하였소. 괴테는 꿈에서 과학적인 문제의 해결

책을 여러 번 얻었으며, 자신의 시도 꿈에서 온 경우가 많다고 얘기했지. 애드가 앨런 포 역시 유명한 추리소설의 줄거리를 모두 꿈에서 얻어 냈고, 아인슈타인은 꿈에서 자신이 씨름하고 있는 문제에 대한 유용한 정보를 얻으면 기록하려고 머리맡에 늘 펜과 노트를 두고 자는 습관이 있었다오. 볼테르는 자신의 서사시에 나오는 은어와 위선적인 말투의 표현을 모두 꿈에서 얻었다고 고백했지.

바빌로니아 학자인 헤르만 힐프레히트는 1893년 꿈에 키가 호리호리한 고대 메소포타미아 제사장이 방문하여 자신이 평소에 골머리를 앓고 있던 깨어진 이름이 새겨진 조각 퍼즐을 정확하게 배열하여 보여 주었다 했소. 화학자인 프리드리히 케큘레는 1895년 벤젠 분자의 원자 배열 문제로 고민하고 있었는데, 어느 날 밤 꿈에 벤젠의 원자들이 꼬리에 꼬리를 물고 마치 뱀처럼 길게 연장된 상태로 너울너울 춤을 추다가 갑자기 머리를 돌려 자기 꼬리를 무는 광경을 보았다오. 그는 이를 바탕으로 벤젠의 분자구조가 고리 모양으로 되어 있다고 발표했소.

드미트리 멘델레예프, 그는 1869년에 발표한 논문에 실린 유명한 원소주기율표 전체를 꿈을 통해서 완성하였고, 노벨상 수상자인 오토로위는 꿈을 통해 신경의 신호 전달이 화학물질로 이루어진다는 이론을 완성했지. 메리 셸리, 여권을 주장한 최초의 페미니스트인 그녀가 쓴 프랑켄슈타인 박사의 이상한 모험 이야기인 Frankenstein은 꿈에서 본 것을 소설로 쓴 것이고, 스위스 박물학자인 장 아가시는 아주 생생한 꿈 세 가지를 꾸었는데 그 꿈을 통해 자신이 연구하고 있던 물고기 화석의 훼손된 부분의 모습을 똑똑히 보고 재현해 내기도 했다오.

일라이어스 하우, 최초의 재봉틀을 발명한 사람으로 그는 바늘을 상하로 움직이는 데까지는 성공하였으나 바늘을 어떻게 만들 것인가를 고민하고 있었소. 그러던 그의 꿈에 어떤 사람이 밀림 속에서 식인종들에게 둘러싸였고 그들은 뾰족한 창을 올렸다 내렸다 하면서 위협하며 다가오고 있었는데, 모든 창끝에 구멍이 하나씩 뚫려 있는 것을 보게 되었지. 이러한 꿈을 통한 암시를 통해 하우는 바늘 끝에 구멍을 뚫기에 이른 것이라오. 아이작 뉴튼은 풀리지 않는 수학 문제의 해답을 잠을 자면서 얻은 적이 여러 번 있다고 고백했지."

쉴 새 없이 이야기하던 D가 숨이 차는 듯 쿨럭쿨럭 기침을 세차게 하더니 다시 말을 잇는다.

"방금 내가 말한 모든 것들은 벤자민 월커가 편집한 'Dreams' 항목에서 뽑은 내용을 기재한 '정신세계' 2000년 8월호에 들어 있는 내용들이라오."

'꿈속의 기억들이라…. 나도 보아나 케큘레가 꿈에서 본 기억으로 원자 모형이나 벤젠의 분자 구조를 알아냈다는 이야기를 어디에선가 들은 적 있다. 하지만 그건 단지 우연에 불과한 일일 뿐이라 생각했었는데….'

정신이 몽롱해진 상태에서 혼자 생각하는 내게 그가 묻는다.

"백 선생, 그대는 인류에게 획기적인 발전을 가져온 이 모든 영감들이 단지 우연히 현자들의 꿈에 나타났다고 생각하시오?"

그가 건넨 담배를 두 대나 피운 나는 이제 반쯤 혼이 나간 상태다. 맨 정신으로 들어도 알 듯 말 듯한 그의 이야기를 취기에, 밀려오는 졸음에, 게다가 조금 전에 그가 건넨 정체 모를 담배에 취한 내가 제 정신일 리 없지만 그래도 난 그의 이야기를 열심히 경청하려 노력한다.

"1900년 그의 저서 '꿈의 해석'에서 프로이트는 꿈은 원초적 본능이자 억압된 욕구의 표출이라고 주장했지만 그건 빙산의 일각이라오. 그를 비롯한 현대의 정신분석학자들이 크게 간과한 게 있단 말이오.

좀 전에도 말했듯이 프로이트가 비논리적이고 본능적이라며, 가장 하위개념이라 말한 이드(원초아)에, 무의식 중에 억압된 욕구의 표출이라는 우리들의 꿈속에, 우리가 살아가며 간간히 느끼는 데자뷔 현상 속에 우리들의 전생의 기억들이 표출되고 있다오. 그건 어쩌면 인류 이전에 존재했었던, 고도로 발전했다가 흔적도 없이 사라져 버린 또 다른 문명이라는 아주 오래전 태고의 기억일는지도 모르겠지만…."

방금 전과 달리 D가 말의 톤과 속도를 늦추며 자신의 이야기를 이어간다.

"신은 죽었다, 니체가 말했소. 종교는 자연의 위력과 죽음의 문제로부터 야기되는 고통과 불안을 해결해 주는 하나의 환상에 불과하다고 프로이트가 말했소. 죽음은 삶의 또 다른 모습이다, 스피노자가 말했소. 지동설을 주장하다 로마 교황청으로부터 모진 고초를 겪고도 '그래도 지구는 돈다'라고 말한 갈릴레오 갈릴레이처럼 이제는 그대가 미치광이 노인네라 생각하는 나 블라드 드라큘이 말하오. 인간은 끊임없이 환생하고 있다고, 이전에도 현생에도 앞으로도 영원히…."

'드디어 이자는 내게 뭔가를 말하려나 보다. 왜 나를 이리로 불렀는지에 대해.'

나는 억지로 정신을 차린다.

"신이 존재하는지 아닌지 나는 모르오. 다만 나는 신을 믿지 않고 나 자신만을 믿을 뿐! 그런 연유로 신의 저주를 받은 탓인지 아니면 저승에 존재하는 망각의 강 레테의 강물을 마시지 않은 탓인지 나 블라드 드라큘은 16세기부터 지금까지 환생을 거듭하며 살아오고 있소. 전생의 기억을 가진 채 끊임없이 환생을 하며 살아간다는 고통을 아마도 그대는 모를 거요. 내가 환생을 거듭하며 생생하게 떠올리는 지난 600년간의 기억들이 지금의 나를 너무도 고통스럽게 하고 있지."

이제는 더 이상 밀려오는 졸음을 참기 힘들다. 그래도 정신을 잃으면 안 된다. 혼미해져 가는 의식 속에서도 나는 그의 다음 이야기를 간절히 기다리고 있다.

"그러다 이 생에서, 바로 이 동양의 작은 나라 한국 땅에서 그대를 만나게 되었지. 지난 600년 동안 환생을 거듭하며 내가 그토록 찾아 헤매던 바로 그대를 말이요."

'600년 동안 날 찾아 헤맸다고?' 그의 이야기에 잠이 확 깬다. 이자가 자신의 정체를 블라드 드라큘이라 밝

혔을 때 받았던 충격이 또 한 번 내 머리를 강타한다. 드디어 이자가 나를 초대한 이유를 밝히려는 순간인 것이다.

블라드 드라큘라

"왈라키아는 발칸반도의 중간, 접근이 용이한 평야 지역에 위치해서 외세의 침입이 잦았던 동유럽의 약소국이었소. 14세기를 거쳐 15세기까지 동유럽의 강대국이었던 헝가리와 전사의 후예 튀르크족의 나라 오스만제국의 사이에 낀 내 조국 왈라키아를 지키기 위해 왕이었던 나 블라드 드라큘은 오스만제국에는 조공을 바치고, 헝가리 왕은 상위 군주로 모시며 여기 붙었다 저기 붙었다 하는 박쥐같은 외교를 펼칠 수밖에 없었지. 당시 헝가리 국왕이자 신성로마제국 황제의 타이틀을 얻은 지기문스트 황제는 1408년 오스만 튀르크 및 다른 기독교 이단 국가들로부터 기독교 사회와 자신의 제국을 지키기 위해 용의 기사단(Order or the Dragon)을 창설했소. 이에 나 블라드 2세는 1431년 뉘른베르크(Nurenberg)를 방문해서 용기사단에 가입해야만 했소. 기사단에 가입 후 나는 황제로부터 블라드 드라큘이라는 별명을 얻게 되었지. 참, 드라큘(Dracul)은 라틴어로 용(Dragon)이란 뜻이라오. 이 기사단에 가입한다는 것은 황제의 가신이 되는 동시에 기독교 문명의 적인 오스만제국과 싸운다는 걸 의미했지."

　고교 시절 세계사 수업을 통해서나 들었을 법한 이야기들이 그의 입을 통해 흘러나온다.

　'블라드 드라큘, 15세기의 유럽, 기독교 문명을 수호하기 위해 창설된 용기사단의 기사…. 그렇다면 정녕 미스터 D, 이자는 지난 600년 동안 환생을 거듭해 온 왈라키아의 군주 블라드 드라큘이란 말인가? 전생의 기억을 다 가지고 있다면, 이 세상 모든 지식이 이자의 머릿속에 다 들어 있는 게 어쩌면 당연한 일일는지도 모른다. 만일 이자의 말이 사실이라면 자신의 이야기를 누군가에게 얘기하고픈 그의 심정을 조금은 이해할 수도 있다. 하지만, 하지만 그 상대가 왜 하필 나란 말인가? 이자는 딴 사람도 아닌 왜 하필 날, 이 으슥한 곳

에 초대해서 내게 이런 해괴한 이야기를 늘어놓는단 말인가?'

하지만 D는 아직도 나의 궁금증을 해소해주지는 않고 계속해서 동유럽의 작은 나라 왈라키아와 그의 옛이야기만 늘어놓는다.

"비록 내가 용기사단에 가입해서 황제와 기독교 세계를 수호한다는 맹세를 하긴 했지만 이는 군주의 자리를 차지하기 위해 왈라키아 내부의 지지를 얻어내기 위한 방편이었을 뿐이오. 오히려 나는 왈라키아의 군주가 되던 시기에 아나톨리아 지역과 발칸 지역 모두에서 연일 승전보를 올리던 오스만제국의 술탄인 무라드 2세(Murad 2)에게 충성을 바치기로 맹세했소. 1437년 헝가리 황제 지기문스트가 승하한 직후 나 블라드 드라큘은 오스만 튀르크와 매년 1만 두카트의 조공을 바치는 조건으로 조약을 맺었다오. 기독교를 수호하는 용기사단의 맹세를 지키기에는 나와 나의 조국이 너무나 위험했소. 두 마리 호랑이 사이에 낀 사슴 같은 약소국의 군주에게 기독교 사회를 수호한다는 맹세나 명분 따위는 사치에 불과했었던 거지."

이제는 지쳐서 내뱉지도 못하고 혼잣말만 하는 내 속

을 읽었는지, D가 날 똑바로 째려보며 말한다.

"지금부터 내가 하는 이야기는 어느 때보다 똑바로 귀담아 듣도록 하시오, 모두 그대와도 관련이 있는 이야기니까!"

뜨끔해진 나는 혼미해져 가는 정신을 부여잡고 다시금 그의 이야기에 집중한다.

"1431년 내가 용기사단에 가입하던 해, 이런저런 사정으로 왈라키아의 군주에서 잠시 밀려났던 나 블라드 드라쿨이 왈라키아 망명 정권의 본부라 할 수 있는 트란실바니아의 시기쇼아라라는 잘 요새화된 성에 있을 때 일이요. 그때 블라드 3세, 즉 블라드 체페쉬-루마니아어로 가시 혹은 꼬챙이를 뜻하는 말-가 태어났소. 그는 나의 셋째 아들이지. 블라드 3세, 아일랜드 소설가 브램 스토커가 사람의 피를 파는 불사신이자 괴물로 묘사했던 드라큘라 백작, 그 블라드 드라큘라가 바로 나의 셋째 아들 블라드 3세란 말이요. 형인 미르세아(Mircea)와 이복형인 블라드 크루거룰(Vlad Calugarul), 동생인 라두(Radu the hansome, 라두 미남공)도 있었지만 특히나 나의 외모와 성격을 쏙 빼닮은 셋째를 나는 각별히 사랑하였소. 그가 생존할 당시에는 사람들로부터 체페쉬보다는 별칭인 '드라큘라'로 많이 불리었지. 그는 용기사단에 가입하여 지기문스트 황제로부터 '용(Dracul)'이라는 작위를 받았던 아버지인 나를 자랑스럽게 여겼다오. 체페쉬는 내 이름에다 루마니아어로 누구누구의 아들이라는 뜻의 '(e)a'를 붙여 '블라드 드라큘라'라고 불리는 걸 좋아했소. 평소 자신의 서명에도 '블라드 드라큘라'라고 쓰곤 했지.

헝가리와 오스만제국 사이에 끼어 박쥐같은 줄타기 외교를 하던 나 블라드 드라큘은 오스만의 지원을 받아 1436년 다시 왈라키아의 군주 자리에 올랐소. 그 후 난 도읍지를 트르고비쉬테로 옮겼고 아버지인 나를 따라 그곳에서 어린 시절을 보낸 블라드 체페쉬, 즉 드라큘라는 여기서 전투술, 지리학, 수학, 과학, 여러 언어들-독일어, 라틴어, 고대 교회 슬라브어-과 고전 예술, 철학을 배웠다오.

1442년 헝가리에 우호적인 귀족들에 의해 잠시 왕좌에서 쫓겨나기도 했던 난 오스만의 술탄 무라드 2세에게 조공을 받치고 두 아들인 블라드 체페쉬와 라두 첼 프루모스를 오스만 튀르크에 볼모로 보내는 조건으로 군사적 지원을 받아 왕위에 다시 복귀하였소.

1442년부터 1448년까지 오스만 튀르크의 왕궁에서 동생 라두 첼 프루모스와 함께 볼모 생활을 하던 셋째 블라드 체폐쉬는 자존심이 강해 볼모 생활 중 터키인들의 불합리한 처사들에 거침없이 항의하는 등 갈등이 잦았소. 하지만 그는 그곳에서 논리학, 코란(Koran), 터키어, 문학 작품들에 대한 교육을 받을 수 있었고 몇 년 안에 터키어를 자유자재로 구사할 수 있게 되었으며 전투술과 승마까지도 배울 수 있었소. 오스만의 볼모로 있는 동안 제왕의 수업을 받으며 애국심을 기르는 동시에 적국에 대한 적개심을 키웠던 게지. 1448년 왈라키아로 돌아올 때까지 감수성 예민했던 시절을 부모와 떨어져 볼모 생활을 했던 블라드 드라큘라가 이 시절 겪은 일들이 나중에 어른이 된 미래에 그가 보인 잔인성과 연관이 있다고 나는 보오."

쉬지 않고 이어지는 D의 이야기가 지루하던 이전과 달리 나의 흥미를 끌기 시작한다. 어린 시절 내가 가장 좋아했던 드라큘라의 이야기가 아닌가. 나는 그의 이야기에 온 신경을 집중한다.

"1448년, 내가 오스만에 막대한 몸값을 지불하고 또다시 왈라키아로 체폐쉬를 데려오지만 곧바로 이번에는 헝가리 제국에 또다시 볼모로 잡혀가는 불운을 겪게 되었다오. 1456년에 다시 왈라키아 왕국으로 돌아온 그는 왕위계승자 칭호를 얻게 되고 오스만과 헝가리의 침략 전쟁에 맞서 용감히 싸우게 되었지.

볼모 생활 중에 적국에 대한 적개심을 키우고 애국심을 기른 내 아들 체페쉬는 오스만과의 전쟁을 승리로 이끌고 많은 적들을 포로로 잡게 되었는데 잡은 포로를 처형하는 방법이 매우 잔인했다오. 굵은 가시가 박힌 큰 바퀴를 사람 몸 위로 지나가게 해 온몸에 구멍을 내기도 하였고, 장대를 깎아 만든 창으로 항문을 찔러 가슴이나 등으로 튀어나오게 하는 잔인한 처형도 서슴지 않았지. 그의 이름 체페쉬(Tepes)는 바로 이 잔인한 처형 방법에서 비롯되었소. 루마니아어로 체페쉬는 '가시' 또는 '꼬챙이'라는 뜻이기 때문이오. 이렇듯 잔인했지만 루마니아 역사 속에서 그는 훌륭한 정치를 한 성군으로 칭송 받는다오. 이는 그가 적과 용감히 싸워 나라를 지켰다는 사실 뿐 아니라 국내에서 악행을 저지르는 무리들이나 법을 어기는 사람들을 가차 없이 처벌했고, 항상 민중의 편에서 정치를 이끌어 나갔다는 사실 때문이지. 그가 서방세계에 잔혹하고 냉혹한 흡혈귀로 알려지게 된 주요 원인은 1460년 경, 브라쇼브와 시비우 시 등지에 거주하던 독일계 작센인 상인들과의 충돌 때문이었다오. 당시 루마니아 내에서는 작센인 상인들이 밀매와 무관세 무역을 하며 막대한 부를 축적했었소. 그러다보니 상대적으로 루마니아 백성들의 삶이 피폐해졌고 이를 더 이상 묵과할 수 없던 내 아들 블라드 드라큘라는 작센인 상인들에게 과중한 세금을 부과하여 루마니아 인들의 경제 상황을 호전시키려 하였지. 그의 이러한 정책은 작센인 상인들의 반발을 사게 되었다오. 일부 작센인 상인들이 체페쉬 영주에게 노골적으로 저항하기 시작하자, 그는 이들을 잡아 죄의 경중에 따라 혀, 코, 귀 그리고 성기 등을 자르거나 혹은 장대에 꽂아 처형하였고 또한 400여 명의 작센인 가톨릭 도제들까지 산 채로 태워 죽여 버렸소. 이러한 과정을 독일어로 기록한 게르만 연대기 저술자들은 작센인들을 처참히 죽인 블라드 체페쉬 영주를 사악한 악마로 묘사하였고 따라서 그는 서방세계에 잔혹하고 두려운 인물, 즉 흡혈귀 드라큘라로 알려지게 되었다오.

훗날 체페쉬에 대한 소문을 우연히 접하게 된 아일랜드 출신의 영국 소설가 브램 스토커(Bram Stoker)가 소설 드라큘라를 1897년에 출판하면서 내 아들 드라큘라는 전 세계에 널리 알려지게 되었다오."

쉬지 않고 자신의 아들 블라드 체페쉬에 대해 이야기하던 미스터 D가 잠시 숨을 고르는 사이를 틈타 내가 질문을 던진다.

"당신이 블라드 드라큘이었고 당신의 아들이 블라드 드라큘라였다 칩시다. 설령 그렇다 하더라도 그게 나와 무슨 상관이 있단 말이오? 이제 미친 잠꼬대 같은 당신의 이야기는 더 이상 듣고 싶지 않소. 난 이만 집으로 돌아가야겠소!"

끝이 없을 듯한 황당무계한 이야기에 인내심을 잃은 내가 크게 화내며 소리치자 D가 말한다.

"자자, 흥분하지 마시고 마음을 가라앉히시오. 백 선생."

잠시 뜸을 들이던 D가 내게 지난 일을 상기시킨다.

"지금으로부터 약 40년 전인 1971년 포항 송도 해수욕장에서의 그 일을 떠올려 보시오. 백 선생. 꼬맹이였던 그대의 손을 잡고 어디론가 데려가려 할 때 내가 그대에게 했던 말을 다시 한 번 기억해 보란 말이오."

'그때 이자가 내게 뭐라 말했었지?'

D의 말을 듣고 그때의 일을 떠올리던 내가 당시 D가 내 손을 잡고 가며 했던 말을 기억해 낸다.

'너… 드라큘라 좋아하지? 우리 승희가 드라큘라를 왜 이렇게 좋아하는지 아니? 그건 말이지….'

아! 그 다음에 D가 내게 했던 말이 어렴풋이 떠오른다.

'아…, 그런데 이건 아니다! 그렇다면 난 뭐란 말인가? 아아아아… 이… 이건… 마… 말도 안 돼!'

'그건 말이지….'

그가 했던 말이 떠오른다.

'승희의 몸속에도 드라큘라의 피가 흐르고 있기 때문이지.'

지금으로부터 40여 년 전, 포항의 밤바다에서 어디론가 날 데리고 가던 미스터 D가 내게 했던 말은 바로 그것이었다. 그가 내게 했던 말이 기억나자 피로로 정신마저 혼미해져 가던 내 온몸에 전기가 통한 듯 갑자기 전율이 일어난다. 온몸이 부들부들 떨리고, 이빨마저 딱딱 부닥치며 말조차 제대로 못 할 지경이 된 나를 가만히 지켜보던 D의 얼굴에 조금씩 미소가 번져 간다.

"이제 짐작이 가시오? 그대와 나의 인연에 대해서. 하고 많은 사람들 중에서 왜 하필 내가 백 선생을 이곳으로 초대했는지에 대해서도."

"다… 당신의 말대로라면 내… 내가 그… 그럼 블라드 드라큘의 아들 드라큘라란 말이오? 당신은 전생에 나의 아버지였다고? 말도 안 되는 소리 집어 치우시오!

지금 당신이 내게 하는 얘기가 말이 된다고 생각하시오?"

"그대가 전생에 내 아들 블라드 드라큘라였다고 믿건 안 믿건 그건 그대의 자유라오. 하지만 말이요, 그대는 지금껏 밤을 새워가며 내가 그대에게 했던 얘기들을 곰곰이 되새겨 보아야만 하오. 어찌하여 백 선생은 현생의 삶 이후의 세계는 그토록 진지하게 생각하면서 그대의 지금의 삶 이전의 생애에 대해서는 이토록 완강하게 부정한단 말이오?"

이전과 달리 호소하듯 차분히 내게 말하는 D의 얘기를 듣고, 나는 신천 둔치에서 D를 처음 봤을 때부터 이곳 카페 chaos에서 지금까지 그가 내게 했던 이야기들을 다시 곰곰이 되새겨 본다.

신천에서의 D와의 첫 만남, 이곳 카페에서 처음 그가 내게 말했던 그와 나의 인연, 지난 40여 년 전 포항에서의 일, 그때 그가 내게 했던 말, 죽음 저 편의 세계, 종교, 윤회, 달라이 라마, 신은 죽었다던 니체, 죽음, 팍스 로마나, 모든 길은 로마로 통한다, 동유럽의 역사, 망각의 강 레테, 데자뷔, 과학, 정신분석, 퇴행치료, 프로이트, 이드, 무의식, 꿈, 꿈속에서의 영감, 환생, 왈라키아, 용의 기사단, 블라드 드라큘, 그의 아들 드라큘라, 그리고 나의 전생….

D가 내게 밤을 새워가며 했던 길고도 길었던 이야기들이 하나 둘 제자리를 잡아가며 마치 흩어져 있던 퍼즐의 조각들이 하나하나 맞춰져 하나의 거대한 그림이 완성되어 가는 느낌이 든다. 그러면서 나의 전생이 있었고 내가 과거에 동유럽의 작은 나라 왈라키아의 왕자 드라큘라였다던 D의 이야기에 난 조금씩 동조하기 시작한다. 하지만 그게 다가 아니다. 이제 D는 그의 길고 길었던 기묘한 이야기의 완성을 위해 남은 마지막 퍼즐 한 조각을 제시한다.

"나 블라드 드라큘은 1447년 12월, 헝가리의 사주를 받은 트르고비쉬테의 대지주들과 상인들에게 암살당했소. 그 이후로 12번에 걸친 환생을 거치며 현생에서 유럽의 작은 나라 네덜란드의 암스테르담에서 태어나게 되었지. 지금으로부터 600여 년 전, 내가 벌테니 근처 습지에서 그들에게 목이 잘리며 잔인하게 살해당하던 그 순간 신은 없다고, 신은 죽었다고, 신을 저주하며 죽은 탓인지 신의 저주를 받은 탓인지 그 이후로 난 전생의 기억을 고스란히 간직한 채 환생을 거듭하게 되었소."

인간의 감정이라곤 전혀 없을 것 같이 무표정하던 D가 눈물을 흘린다. 600년 동안에 걸친 12번의 환생, 전생의 기억을 고스란히 간직한 채 그토록 긴 세월을 살아온 그의 고통이 짐작된다. 내 눈에도 눈물이 고이기 시작한다.

"열두 번의 환생으로 여러 인생을 경험했던 나는 현생에서 네덜란드의 암스테르담에서 태어나게 되었소. 하지만 아무리 환생을 거듭하며 다양한 인생을 경험하였어도 내가 왈라키아의 영주 블라드 드라큘이라는 사실만큼은 결코 잊을 수 없었소. 환생을 거듭하며 티베트의 승려로 살면서도, 남미 대륙의 아래쪽 칠레에서 농부의 인생을 살면서도, 북미 대륙의 끝 알래스카의 바다사자 사냥꾼으로 살면서도, 동남아의 작은 나라 라오스의 밀림 속 원주민으로 살면서도, 스칸디나비아 반도의 작은 나라 룩셈부르크의 상인으로 살면서도, 그 밖의 다른 곳에서 다른 인생을 살아가면서도 블라드 드라큘이 아닌 인생들은 그저 스쳐 지나가는 삶이었을 뿐 나는 내 삶의 주인이 될 수가 없었소. 전생의 기억들이 고스란히 남아있던 내겐 하루하루가 고통의 나날들이었단 말이오. 그러다 환생의 어느 시점에서부터 하나의 목표가 생겼소. 그건 바로 내가 유난히 사랑했던 셋째 아들 드라큘라를 찾아야겠다는 생각을 하게 되었던 것이오. 그때부터 난 새로운 생을 살 때마다 전 세계를 누비고 다녔소. 오로지 내 아들 드라큘라를 찾아 둘이서 영원히 행복하게 살아보겠다는 일념 하나로…."

눈물을 머금은 채 말하던 D가 자신의 뒷주머니에서 담배를 꺼내 내게 권한다. 그가 느끼는 감정이 그대로 내게 전해지면서 울컥하던 나는 권하는 담배를 받아 불을 붙인다.

'네덜란드, 강하지 않은 마약은 법적으로 허용되는 나라. 그렇다면 이건 그냥 담배가 아니다. 어쩌면 이 담배는 마리화나의 일종이 아닐까?'

이런 생각을 하는 동안 하던 말을 잠시 멈춘 채 날 지켜보던 D가 다시 말한다.

"현생에서 네덜란드의 암스테르담에서 뚜렷한 직업 없이 아르바이트를 하며 살던 나는 돈이 모이면 전 세계를 돌며 사랑하는 내 아들 드라큘라를 찾아 헤맸소. 그러다 지금으로부터 약 40여 년 전 머나먼 동양의 작은 나라인 이곳 한국 땅에까지 이르게 된 것이오. 그리고 한국의 자그마한 해안 도시 포항, 그곳의 바닷가에서 난 보았지. 550년에 걸쳐 내가 그토록 찾아 헤매던 내 아들을 말이오. 자신이 주인공인 드라큘라 만화에 매혹되어 있던 여섯 살의 어린 승희, 나는 그 아이가 내 아들 드라큘라였음을 단번에 확신할 수 있었소."

피우던 담배로 다시 정신이 몽롱해지기 시작한 내가 D에게 반문한다.

"여섯 살 승희가 550년에 걸쳐 당신이 그토록 찾던 아들 드라큘라인지 어떻게 단번에 확신을 할 수 있단 말이오? 단지 외모가 닮았다는 이유로?"

"승희가 어린 나이에 한글을 깨치고 스스로 드라큘라라는 만화책에 빠져든 게 그저 우연이었다고 생각하는가? 그대의 무의식 속에 남아있던 전생의 기억이 그대를 그렇게 이끌었다고 생각하진 않는가? 우리 드라큘레시티 가문의 남자들에겐 하나의 징표가 있소. 난 그대가 내 아들 드라큘라라 확신하면서 그 징표를 확인하려고 어디론가 데려가려 했었지. 그래서 그 징표를 확인하는 즉시 그대를 데리고 암스테르담으로 가려 했던 것이고."

'내 몸 어딘가에 드라큘레시티 가문의 징표가 있다고? 지금까지 살아오면서 그런 걸 본 적이 없는데…'

머리를 갸웃거리며 의아하게 생각하던 내게 D가 말한다.

"우리 가문은 사내아이가 태어나면 그의 은밀한 부위에 문신을 새겨 넣는다오. 얼핏 보면 그냥 하나의 점처럼 보이지만 자세히 살펴보면 그건 점이 절대 아니지, 그것은 드라큘레시티 가문을 상징하는 용의 문양이거든."

난 흠칫 놀란다.

'내 몸 은밀한 곳, 그곳에 점이 하나 있기는 하다. 난 그저 그게 그냥 점이라 생각하고 지금껏 살아왔었는데… 혹시… 그게 용 문양?'

난 당장 화장실로 가서 바지를 내리고 그 징표를 확인하고 싶었다.

"백 선생, 아마도 지금 그대는 몸 어딘가 은밀한 그곳에 새겨진 우리 가문의 징표를 확인하고 싶은 마음이 굴뚝같을 것이오. 하지만…"

그 순간, 카페 내부에 있는 낡은 괘종시계가 아침 6시를 알리는 종을 울린다.

댕~ 댕~ 댕~ 댕~ 댕~ 댕~

자정을 넘어 시작된 D와 나의 길고 길었던 대화가 아침 6시가 되도록 아직 끝나지 않고 있다. 이제는 어느 정도 D가 하는 이야기가 미친 사람이 하는 말로 들리지는 않는다. 환생이니, 전생이니, 그가 들려준 이야기가 황당하기는 하지만 너무도 앞뒤가 맞아 떨어져 내가 뭐라 반박할 만한 근거가 없다.

그렇다면 나는 정말로 600년 전 전생에 이자의 아들 드라큘라가 맞단 말인가? 설령 내 몸에 용의 문양이 있다 하더라도 내가 드라큘레시티 가문의 사람이란 건 쉽게 수긍하기가 어렵다. 거기까지 미친 내 생각을 읽은 듯 D가 다시 정중한 말투로 말을 잇는다.

"그대가 지금 당장 그대의 몸에 있는 용의 문양을 확인하더라도 내 아들 드라큘라라는 걸 쉽게 믿지는 못할 거요."

아… 머릿속이 복잡하다. 어지럽다. 그리고 또 다시 졸린다.

"40년 전 포항의 밤바다에서 그대를 데려가려다 그대 아버지에게 막혀 실패했던 나는 그 후 네덜란드와 한국을 오가며 그대를 지켜봐 왔소. 그대가 이 나이가 될 동안 난 그대를 죽 지켜봐 왔단 말이요. 그대가 지금껏 살아오며 누군가에게 맞았다거나 돈을 뺏겼다거나 했던 적은 아마도 한 번도 없었을 것이요. 그건 내가 그대 주변을 맴돌며 그대를 지켜주었기 때문이지."

D가 또다시 네덜란드에서 가져왔다던 정체 모를 담배를 권한다.

"마지막 담배요. 한 대 피우시오."

그가 준 담배가 벌써 네 대째. 난 복잡해진 머릿속을 정화시키고자 또다시 담배에 불을 붙인다. 그리고 담배 한 모금을 내 폐 속 깊숙이 빨아들인다. 기분이 좋아진다.

"지금껏 하던 내 이야기를 듣고 그대가 맞추고 있는 거대한 그림. 그리고 그 그림을 완성하는 마지막 퍼즐 한 조각을 이제 보여주겠소. 자, 백 선생, 내 손을 잡으시오."

뜬금없이 자신의 손을 잡으라는 미스터 D. 난 피우던 담배를 입에 문 채 아무런 저항 없이 그의 두 손을 잡는다.

"눈을 감으시오."

전생의 기억 속으로

D가 건네 준 담배를 입에 물고 눈을 감은 채 그의 두 손을 잡은 나, 몽롱한 의식 가운데 나지막한 D의 목소리가 귓가에 울린다.

"40여 년 전 포항의 밤바다에서 내 아들 드라큘라, 꼬마 승희를 발견했던 그날, 난 현생에서 남은 인생을 사랑하는 아들과 함께 행복하게 살아갈 수 있다는 희망을 가지게 되었소. 하지만 현실은 그렇게 호락호락하지 않았지. 어린 승희에게 모든 사실을 얘기하고 네덜란드로 데려가서 함께 살 수도 있었지만 난 그대의 아버지와 마주치자 내 생각이 잘못되었다는 걸 깨닫고 바로 포기했소. 내 욕심을 채울 순 있었겠지만 어린 승희가 과연 내가 전생의 자기 아버지였다는 걸 알아볼 수 있을까? 승희가 내 말을 믿고 따라줄 수 있을지 나 스스로도 자신이 없었던 게지. 한국 땅에서 현생의 부모님과 행복하게 사는 그대를 곁에서 지켜보자. 그리하여 승희가 어느 정도 나이가 들고 자식도 가지고 자신의 일을 하면서 인생의 연륜이 쌓여 내가 하는 얘기를 알아들을 수 있는 나이가 될 때까지 기다리자. 그렇게 결심했던 난 그날 이후 암스테르담과 대구를 오가며 그대가 성장하는 모습을 먼발치에서 지켜보기로 하였소. 백 선생이 의사가 되고 결혼을 하고 예쁜 두 딸까지 얻는 모습을 보며 나는 인생을 사는 즐거움을 알게 되었다오. 환생을 거듭하며 살아온 지난 600년 중에서 처음으로 나는 내 인생의 주인공이 될 수 있었고 현생을 살 용기와 희망을 얻었소. 그리고 백 선생에게 진실을 밝힐 때가 되었다고 판단된 지금에서야 이렇게 그대 앞에 나타난 게지."

"…."

"백 선생, 아직도 내가 600년 전 그대의 아버지 블라드 드라큘란 사실을 온전히 다 믿지 못한다는 걸 난 잘 아오. 그래서 내가 눈을 감으라 한 것이오. 그대에게 보여줄 게 있소. 그대가 맞추고 있는 거대한 그림의 마지막 퍼즐 한 조각 말이오."

밤이 새도록 이어지던 D와 나의 대화가 이제 드디어 끝이 나려나 보다. 이제 더 이상 나는 그의 이야기를 들을 수 있는 상태가 아니다. 피곤하다. 졸린다. 쏟아지는 잠을 참을 수 없다.

"자… 눈을 감은 채로 우리 함께 백 선생의 지난 과거로 여행을 떠나 봅시다."

D의 두 손을 잡고 D가 건네 준 담배를 입에 문 채 희미해져 가는 의식 속에서 D의 목소리가 마치 영화 속 내레이션처럼 내 귓전을 울린다.

'꿈이야… 이건 꿈일 거야….'

나의 부정에도 불구하고, D의 말처럼 마치 영화 필름이 거꾸로 돌아가듯 나는 지나온 나의 과거로 회귀하고 있다. 시간을 거슬러 내가 살아온 옛날 시절로 돌아가고 있는 것이다. 그러다 어느 한 시점에서 거꾸로 돌아가던 필름이 멈춘다.

수련의 시절 병원에서 생활을 하던 내 모습이 보인다.

뭔가 잘못했는지 교수님께 호된 질책을 당하고 있다.

필름이 다시 거꾸로 돌아간다.

결혼식 장면이다. 친구들과 사진을 찍고 있다.

아마도 과거의 내가 결혼식 직후 기념 촬영을 하고

있는 중인 모양이다.

이번엔 필름이 엄청 빨리 돌아간다. 그러다 멈춘 곳은 40년 전 포항의 밤바다.

D가 내 손을 잡고 어디론가 데려가는 중이다.

그가 내 손을 잡고 다정하게 뭐라 얘기하며 걸어가고 있다.

그러다 갑자기 다른 장면으로 바뀐다.

여긴 어디지?

너무나 고요하다. 콩닥콩닥 뛰는 내 심장 소리가 들릴 만큼….

너무나 편안하다. 아마도 여긴 내 어머니의 뱃속인 듯, 내가 세상에 나오기 전 어머니의 자궁 속인 듯하다. 세상 살아가는 근심 걱정이 하나도 없는 곳. 영원히 이곳에 머물고 싶다. 세상 밖으로 나가기 싫을 만큼….

그러다가…

또다시 필름이 거꾸로 돌아간다.

여긴 또 어디인가?

나는 누구인가? 여긴 또 어디인가?

나는 꿈을 꾸고 있는가? 아니면 시간을 거슬러 나의 현생 이전의 전생으로 회귀하고 있는 것인가?

나는 지금 하늘을 날고 있다.

내가 원하는 곳 어디든지 마음만 먹으면 날아갈 수 있는 것이다.

지금 나는 하늘 높은 곳에서 바닷가에 위치한 어느 아름다운 휴양 도시를 내려다보고 있다. 아마도 미국 아니면 유럽의 어느 도시인 듯 백인과 흑인, 그리고 소수의 동양인들이 이곳에 위치한 상점과 호텔 주변을 분주히 왔다 갔다 한다. 휴양 차 이곳에 온 관광객인 듯한 사람들의 모습도 보인다.

"아들아, 넌 지금 1920년대 미국의 뉴저지 주州 남동부에 있는 휴양도시 애틀랜틱시티의 하늘을 날고 있단다. 당시는 금주법이 시행되던 시기로 미국을 대표하는 각 지역의 폭력 조직들이 밀주 제조로 엄청난 돈을 벌어들이던 시기였지. 훗날 미국 전역의 폭력 조직을 대표하게 되는 시카고 마피아의 보스 알 카포네도 이 시기에 밀주로 돈을 벌어 자신의 입지를 굳혔지."

D의 목소리가 영화 속 내레이션처럼 내 귀에 또렷하게 들려온다.

"해안선 등을 따라서 산책을 편리하게 하기 위해 설치된 판자로 만들어진 보도를 보드워크(Boardwalk)라 하지. 미국 동부의 휴양도시 애틀랜틱 시티의 해안선을 따라 만들어진 보드워크에는 레스토랑, 상점, 카지노를 지닌 호텔들이 정렬되어 있단다. 1921년부터 2004년까지 미스 아메리카 이동 무대의 배경이 된 곳이기도 하고…."

하늘에 떠 있는 내 눈 아래 펼쳐진 1920년대 애틀란틱 시티의 보드워크는 눈이 시릴 정도로 아름답다.

"자, 가보자."

D의 말소리가 들리자 또다시 필름이 거꾸로 돈다.

이번엔 아주 천천히. 거꾸로 돌던 필름이 멈추고 다시 앞으로 돌아가기 시작한다.

지금은 밤이다. 온갖 가게와 호텔의 간판들이 휘황찬란한 불을 밝히는 황홀한 야경의 애틀란틱 시티 보드워크의 밤, 그곳에서 수많은 사람들 사이에서 홀로 쓸쓸히 걷고 있는 한 노인, 하늘을 날던 내가 그를 발견하고 노인의 옆에 천천히 내려선다.

그는 바로 나다. 그 노인이 왜 나인지는 설명이 필요 없다. 그냥 알 수 있다. 그는 나의 현생 이전 전생의 나임을.

하지만 다음 생의 자신이 바로 옆에 서 있는 걸 알아보지 못한 채 노인은 보드워크의 인파 속을 홀로 쓸쓸히 걷고 있다. 40년 전 포항의 밤바다에서 꼬마 승희를 따라가듯 1920년대 미국 동부의 휴양도시 애틀란틱 시티의 보드워크에서 나는 전생의 나를 따라가고 있는 것이다.

그의 뒤에 있는 누군가가 느껴진다!

노인의 뒤를 밟는 검은 그림자가 보인다.

트렌치코트 안주머니 속으로 오른손을 넣은 채 노인의 뒤를 밟는 정체불명의 괴한은 당시 유행하던 중절모를 써서 얼굴을 알아보기 힘들지만 신체 건장한 젊은이인 것만은 틀림이 없어 보인다. 무릎까지 덮는 긴 롱코트를 입고 있어 가려졌지만 운동으로 다져진 온몸을 감싸는 울퉁불퉁한 근육이 내 눈엔 보이는 것이다. 한동안 노인의 뒤를 쫓던 괴한이 갑자기 달리기 시작한다. 달리던 괴한이 노인을 따라잡고 그대로 지나치는가 싶더니 갑자기 뒤돌아서서 노인을 향해 총을 겨눈다. 갑작스런 괴한의 출현에도, 그가 권총을 겨누는데도 노인은 놀라지 않는다. 아마도 노인은 괴한을 이전부터 알고 있었던 것일까? 마치 그를 기다리고 있었다는 듯 노인은 모든 걸 체념한 표정이다.

괴한이 방아쇠를 당긴다.

총알은 정확히 노인의 미간 사이를 관통한다.

이마에서 분수처럼 피를 뿜으면서 노인은 쓰러진다.

그 장면을 지켜보는 내 눈에 눈물이 흐른다.

난 전생에 저렇게 죽어갔구나.

내가 전생에 미국 사람이었다니.

미국의 백인으로 살아가다 미국의 아름다운 휴양도시 애틀랜틱 시티의 보드워크에서 괴한의 총에 머리를 관통당한 채 거리에서 죽어갔다니….

"아들아. 이것이 바로 너의 직전 전생의 마지막 모습이란다."

눈물을 흘리며 전생의 내가 총을 맞아 죽는 장면을 지켜보고 있는 나의 귓가에 또다시 영화 속 내레이션 같은 D의 목소리가 들려온다.

"1920년대, 미국에는 볼스테드 법으로 알려진 전국 금주법이 시행되고 있었다. 노인은 애틀랜틱 시티의 부패한 정치인과 폭력 조직의 배후 조종자 역할을 하고 있었지. 보드워크의 상인들로부터 보호세라는 명목으로 돈을 뜯어내던 그는 금주법 시행 후 밀주 제조로 큰돈을 벌었고 이를 바탕으로 미국 전역의 폭력 조직의 대부가 되려는 꿈을 키우고 있었단다. 그러다 결국 그의 라이벌 조직인 시카고 마피아의 보스 알 카포네의 사주를 받은 자신의 부하의 배신으로 죽음을 맞이했다. 당시 모든 미국의 폭력 조직으로부터 견제를 받고 사면초가의 신세였던 노인은 총을 겨눈 괴한이 아들처럼 아끼고 키워왔던 자신의 부하라는 걸 알고는 모든 걸 체념한 채 순순히 죽음을 받아들였지."

전생에 미국 전역의 폭력 조직의 대부가 되려던 사람이 나였다고? 내가 그렇게 나쁜 놈이었다고? 아! 방금 내 눈앞에서 확인했지만 믿고 싶지 않은 사실이다.

"아들아, 여기서 더 머물 시간이 없구나. 자~ 떠나자."

나 역시도 지금 즉시 기억하기도 싫은 직전의 전생에서 벗어나고 싶다.

D의 말이 떨어지자마자 또다시 필름이 거꾸로 돌아가기 시작한다.

죽은 노인이 다시 일어서고 젊어지고 어려진다.

그러다… 엄마 뱃속의 아이로, 그러다가….

여긴 어디인가?

거꾸로 돌던 필름이 멈추자 전혀 다른 풍경이 내 눈앞에 전개된다.

필름이 서서히 앞으로 돌기 시작한다.

거대한 땅, 신선한 공기, 타이가의 빽빽한 침엽수림과 툰드라의 낮은 나무가 경계를 이루는 곳. 굽이굽이 흐르는 맑고 파란 강이 군데군데 얼어 있다. 살을 에는 듯한 차가운 바람…. 추… 춥다 이곳은?

하늘 높이 날고 있는 내가 내려다보고 있는 이곳은 아마도 북반구에서도 한창 위쪽에 위치한 장소인 듯하다.

"1850년대, 이곳은 북미 대륙의 끝자락, 알래스카라네. 알래스카는 알류트(Aleut)어로 거대한 땅을 의미하는 인디언 말이지. 에스키모, 이글루, 알래스칸 맬러뮤트-알래스카에 거주하던 맬러뮤트족의 썰매 끄는 개-, 빙하, 오로라, 백야, 연어, 타이가, 툰드라, 원유, 호수, 눈 덮인 매킨리 봉을 연상하게 하는 곳이지."

'현생을 거슬러 첫 번째 전생에서 미국사람이었던 내가 두 번째 전생에선 알래스카에서 살았던 것인가?'

내가 이렇게 생각하는 동안 D의 음성이 내레이션처럼 들려온다.

"17000~30000년 전쯤에 베링 해협의 얼음판을 타고 넘어 온 황색계의 몽골 인종의 후손인 이누이 족과 알류 족이 살고 있는 곳이지. 자, 가보자!"

D의 말이 끝나자마자 나는 하늘 높은 곳에서 침엽수림이 빽빽한 나무 위를 향해 날아간다.

침엽수림 숲속에서 누군가 쫓기고 있다. 그를 쫓는

거대한 짐승은 불곰이다. 알래스카에 서식하는 거대한 코디악 베어, 선 키가 3미터에 달하고 평균 체중이 300킬로를 넘는다는 무시무시한 놈이다.

갓난아기를 품에 안고 불곰에 쫓기는 사람, 나는 지금 그 사람의 머리 위를 날고 있다.

그 사람은⋯ 나다. 그리고 여자다. 그녀는⋯ 나다.

나는 현생으로부터 두 번째 전생에서 여자였던 것이다. 그녀는 지금 목숨이 위험하다. 아아! 그녀의 남편은 지금 어디 있단 말인가? 어찌하여 아내와 갓난아기를 이토록 위험한 상황에 처하도록 내버려 두었단 말인가?

공포에 휩싸여 달아나던 그녀가 넘어진다. 그녀 뒤를 쫓던 굶주린 코디악 베어가 사람머리보다도 큰 앞발로 그녀의 등을 짓누른다. 그리고 찢는다. 종잇조각처럼 갈기갈기 찢어져 너덜너덜해진 그녀의 피부 사이로 뼈와 근육이 드러난다. 그리고 몸속의 대동맥이 파열된 듯 분수처럼 솟구치던 피가 불곰의 얼굴을 선홍색으로 물들인다. 얼굴이 피범벅이 된 채 울부짖으며 그녀를 공격하는 놈과 녀석의 앞발에 눌려 온몸이 조각조각 찢기며 죽음보다 더한 고통에 신음하는 그녀, 이보다 더 두렵고 잔인한 장면을 세상 어디에서 볼 수 있을까?

이들의 머리 위를 날다 지상에 착지한 나는 바로 옆에서 현생을 거슬러 두 번째 전생에 여자였던, 그리고 갓난아이의 엄마였던 내가 곰에게 잡아먹히는 장면을 생생히 지켜보고 있는 것이다.

"아, 이제 그만 보고 싶어요. 다른 곳으로 데려가 주세요. 제발…."

나는 D에게 울면서 호소한다. 하지만 D는 말이 없다. 그는 전생에서 여자였던 내가 죽는 장면을 끝까지 보여줄 모양이다. 난 그런 그녀의 모습을 어쩔 수 없이 지켜본다. 곰에게 사지를 찢겨가면서도 갓난아기만은 지키겠다는 듯 품에서 아기를 놓지 않는 그녀, 이번엔 녀석이 입으로 그녀의 머리를 물어뜯는다.

나는 그 고통을 알 것 같다. 지금 내 머리가 불곰의 입속으로 들어가는 느낌이다. 내 전생의 기억들이 되살아나기 시작하고 있다.

'우두두둑!'

녀석의 이빨이 내 두개골을 으스러뜨리는 소리가 들린다. 으스러진 두개골 사이로 뜨끈한 뇌수가 흘러내려 내 뺨을 적시는 느낌이 든다. 점점 의식이 흐려진다. 이젠 고통스럽지 않다. 어서 이 순간이 빨리 지나갔으면….

"현생을 거슬러 두 번째 전생에서 넌 알래스카에 살던 원주민의 아내였었지. 넌 끝내 자신의 아이는 지켜내고 불곰에 잡아먹혔던 거야. 당시 그녀는 사냥을 하며 생계를 이어가던 남편을 따라 거주지를 옮기던 중이었지. 남편이 먹을거리를 찾아 사냥하느라 잠시 자리를 비운 사이 포악한 알래스카의 코디악 베어와 마주치게 된 그녀는 결국 도망가다가 놈에게 목숨을 잃었던 거고. 그녀의 이름은 새라(Sara)였다네."

충격 속에서 두 번째 나의 전생의 마지막 장면을 지켜보던 내 귀에 D의 목소리가 들려온다.

"아들아, 너에게 이 잔인한 장면을 끝까지 보여준 이유는 네가 곰에게 잡아먹히는 고통스런 순간에도 자신의 자식을 끝까지 지켜낸 훌륭한 어머니였다는 걸 보여주고 싶었기 때문이다. 이만하면 됐다. 자, 가자!"

D의 말이 떨어지자 다시 필름이 거꾸로 돌기 시작한다.

칠흑 같은 암흑의 순간이 찾아오더니 잠시 후 다시 밝아진다.

여긴 또 어디인가?

초고대 문명, 잃어버렸던 우리들의 과거

칠흑 같은 어둠 속에서 저 멀리 보석처럼 홀로 아름답게 빛나는 푸른 빛깔의 구체.

여긴 어디인가? 나는 누구인가? 지금 나는 이 어두운 곳에서 홀로 무엇을 하고 있는 중인가?

여긴… 우주다. 푸른 구체는 별이다. 나는 우주에 홀로 떠 있으면서 수많은 별들 중 유난히 푸른빛을 띠는 아름다운 별을 보고 있는 것이다. 나는 푸른 별을 향해 날아간다. 푸른 별이 내게로 점점 다가온다. 아! 사파이어처럼 청색 투명하게 빛나는 아름다운 별은 내가 살고 있는 지구다. 지구가 점점 가까워지며 바다가 보이고, 바다에 떠 있는 땅들이 보이기 시작한다. 대륙이다. 흡사 지구본을 들여다보고 있는 느낌이 든다.

지구에 떠 있는 6개의 대륙, 나는 그 중 아프리카 대
륙의 북쪽 지중해 연안 쪽으로 방향을 틀어 날아가고
있다. 하늘에 떠 있는 하얀 뭉게구름이 내 옆을 스치고
지나간다. 구름을 뚫고 내려가 지상을 내려다보니 평
소 TV와 사진을 통해서 접하던 낯익은 거대한 구조물
이 보인다. 여긴⋯ 이집트임에 틀림없다. 하늘을 날고
있는 내 눈 아래에 보이는 것은 이집트의 작은 도시, 기
자에 위치한 피라미드와 스핑크스다.

BC 2551~2472년, 80년에 걸쳐 세워진 이집트의 4대
왕조 파라오 쿠푸, 카프레 그리고 멘카우레의 무덤이
라는 기자의 피라미드, 무게가 도합 1,500만 톤이 넘고
하늘과 땅의 정방향과 정확히 일직선을 이루며 오리온
의 별자리를 따서 배치되었다는 세 개의 피라미드가
보인다. 그 앞에 굽이져 흐르는 나일 강을 바라보며 우
뚝 솟은 사람의 머리, 사자의 몸을 가진 그리스 신화 속
에키드나와 오로토로스의 아들 스핑크스와 함께.

내가 평소에 사진을 통해 접하던 피라미드의 모습과
는 달리 외벽이 거울처럼 투명하다. 햇빛을 반사해서
그런지 반짝거린다. 내가 알던 피라미드가 아닌 무언
가 중요한 역할을 하는 거대한 군사 기지 같은 느낌이

다. 그런데 피라미드만 있는 것이 아니다. 이곳은 거대한 도시다. 여태껏 살면서 내가 한 번도 보지 못했던 기괴한 모양의 수백 미터를 넘는 초고층 빌딩들이 피라미드 주위를 에워싸고 있다. 게다가 빌딩 숲 사이로는 자동차도 아닌 비행기도 아닌 이상한 탈것들이 날아다니고 있다. 여기서 살고 있는 인간들이 만든 것이 분명하다. 지상에서는 이상한 옷을 입은 - '스타 트랙' 이나 '블레이드 러너' 같은 SF 영화에서나 볼 법한 - 수많은 사람들이 분주히 거리를 오가고 있다.

여긴 과거가 아닌 미래인가? 미래의 이집트란 말인가? 나는 미스터 D와 함께 전생을 여행 중인 게 아니라 미래로의 시간 여행을 왔단 말인가?

"여긴 어디지요? 난 지금 전생을 여행 중인 게 아닌가요? 왜 나를 미래의 이집트로 데리고 오셨나요?"

내 물음에 대한 대답 대신 뜻을 알 수 없는 이상한 시를 읊조리는 미스터 D.

"내가 울어도 내가 번민에 시달려도
내 마음이 그것을 원치 않아도
나는 어쨌든 신비의 땅으로 가게 될 것 아닌가?

여기 지상에서 우리들의 마음은 말한다.

오 나의 친구들, 우리가 영원불멸할 수 있다면,

오 친구들, 우리가 죽지 않는 땅은 어디인가?

가야만 하는 것일까? 내 어머니가 그곳에 살고 계실까?

내 아버지가 그곳에 살고 계실까?

신비의 땅에서 끝내 가슴은 떠노니

죽지 않을 수만 있다면, 멸망하지 않는다면!

나는 괴롭고 아픔을 느낀다."[8]

뜻을 알 수 없는 시를 읊조리던 D가 내게 말한다.

"가자 아들아."

그의 말이 떨어지자 난 하늘을 향해 솟구친다. 그리고 어디론가 날아가기 시작한다. 이집트가 위치한 북아프리카 대륙의 지구 반대편으로. 그러다 어느 곳에서 날아가길 멈춘다.

지금 내가 내려다보고 있는 이곳은 북미 대륙의 남쪽 끝자락쯤 되는 곳이다.

하늘을 날고 있는 내 눈 아래 좀 전에 본 이집트 기자

의 피라미드와는 조금 모양이 다른 형태의 피라미드가
보인다. 여긴 멕시코의 고대 유적지 같다. 태양의 피라
미드, 죽은 자의 길, 그리고 달의 피라미드. 14세기에
서 16세기 초반까지 번성했던 아즈텍 문명인가? 혼자
서 생각하는 사이, 영화처럼 필름이 앞으로 돌기 시작
한다.

달의 피라미드 주변을 둘러싸고 미친 듯이 환호하는
군중들을 좌우로 둔 채, 태양의 피라미드와 달의 피라
미드를 연결하는 죽은 자의 길을 홀로 외로이 걷는 사
람이 보인다.

하늘에서 이 광경을 지켜보던 나는 그 사람 쪽으로
날아가 옆에 내려선다. 나는 옆에서 그의 얼굴을 들여
다본다. 젊고 잘 생긴 남자다. 나는 공포에 질린 표정을
짓고 있는 사내의 뒤를 따라 걷는다.

사내와 나는 한참을 걸어 죽은 자의 길을 지나 달의
피라미드에 도착한다.

피라미드 주위에 역겨운 피 냄새가 진동한다. 죽은
지 얼마 되지 않은 시체부터 이미 오래전에 죽어 뼈만
남은 유골까지 수많은 시신들이 피라미드 주변 곳곳에
방치되어 있다. 이 광경을 본 사내가 잠시 머뭇거린다.
달의 피라미드 주위를 병풍처럼 둘러싸고 있던 병사

같은 사람들이 그에게 다가와 창과 칼을 들이대며 그의 발걸음을 재촉한다. 그러자 모든 것을 체념한 듯 사내는 달의 피라미드의 가파른 계단을 오르기 시작한다. 군중들이 환호한다.

한 계단, 한 계단… 쓰러질 듯 비틀거리면서도 올라가는 사내.

나도 그를 따라 힘겹게 계단을 올라간다. 피라미드의 정상에 오르자 이 의식을 진두지휘하는 제사장인 듯, 제법 위엄 있어 보이는 화려한 옷을 입은 채 자기 머리보다 몇 배는 큰 황금빛의 모자를 쓰고 얼굴엔 붉은 칠을 한 남자가 사내를 맞이한다.

아! 이건 산 사람을 제물로 바친다는 인신공희人身供犧 의식임에 틀림없다. 제사장 앞에 성인 남자 한 사람이 누울 만한 크기의 돌로 만든 제단이 있고 제단 위에는 서슬이 퍼런 크지도 작지도 않는 날카로운 칼이 놓여 있는 것이다. 제사장으로 보이는 남자가 사내에게 작은 그릇을 전한다. 그 그릇에는 우유처럼 하얀, 성분을 알 수 없는 액체가 들어 있다. 사내가 고개를 좌우로 흔들며 강하게 거부한다. 하지만 옆의 병사가 창을 들이대며 강요하자 사내는 결국 제사장으로부터 그릇을 건네받고 속에 든 하얀 액체를 마신다. 그리고는 순순히 돌로 만든 제단으로 가서 눕는다. 사내가 마신 정체 불명의 액체가 효능을 발휘하길 기다렸던 것일까? 제사장은 잠시 동안 아무것도 하지 않고 제단 옆 의자에 앉아 있다. 시간이 어느 정도 흐르자 그가 일어선다. 그리곤 두 손을 하늘 높이 처든 제사장이 알 수 없는 이상한 말로 주문을 왼다. 군중들이 열광한다.

　제사장이 칼을 잡는다. 사내는 제사장이 건넨 약에 취한 듯 아무런 저항이 없다. 제사장의 칼끝은 정확히 사내의 심장이 있는 왼쪽 유두의 약간 아래 좌측 3, 4번째 갈비뼈 사이로 향한다. 칼이 자신의 가슴을 관통하는 순간에도 제단 위에 누워있던 사내는 초점 없는 눈으로 하늘을 응시하며 미동도 하지 않는다. 칼로 사내의 가슴을 연 제사장은 오른손을 사내의 가슴 속에 집어넣어 무언가를 찾는 듯 주물거리기 시작한다. 이윽고 제사장이 사내의 가슴에서 꺼낸 것은 그의 심장이다. 심장은 생명을 다하지 않은 듯 펄떡거리며 수축과 팽창을 반복한다. 제사장은 펄떡거리는 심장을 두 손으로 받쳐 들고 하늘을 향해 높이 처들면서 또다시 주문을 왼다. 군중들의 환호가 절정에 달한다. 주문을 외던 제사장의 손에 들려진 심장의 움직임이 서서히 잦아들더니 완전히 움직임을 멈춘다. 희생양이 된 사내는 눈을 뜨고 있지만 이미 숨을 거둔 듯 미동도 하지 않는다. 제사장을 호위하던 병사 둘이 사내의 시신을 피라미드 아래로 던져버린다. 제사장도 그들을 따라하듯 움직임을 멈춘 사내의 심장을 아래로 던진다.

명치 아래서 내 심장이 몸에서 뜯겨져 나가는 듯한 느낌에 몸이 움츠러든다. 저자도 나의 전생의 인물이란 말인가? 나도 모르게 눈에서 눈물이 흐른다. 사내가 겪었을 공포와 고통을 생각하니 마음이 아파 온다.

한동안 말없이 침묵하던 D의 목소리가 들려온다.

"마음 아프냐? 아들아, 제물로 바쳐진 사내가 전생의 너라고 생각하느냐?"

"아닙니다. 이번에는 그 자가 나란 느낌이 없어요. 이전 두 번의 체험에서는 전생의 인물이 나란 걸 바로 알 수 있었고, 그 사람의 고통을 생생하게 실감할 수 있었지만 이번에는 왜 아무런 느낌이 없는 걸까요?"

"여긴 테오티우아칸. 기원전 100년 전쯤의 무렵이다. 방금 인신공희의 제물로 바쳐진 사내는 너랑 아무런 상관이 없는 사람이지."

테오티우아칸, 멕시코 시티에서 북동쪽으로 52킬로 떨어진 고대 도시. 기원전 2세기경 건설되기 시작하여, 기원후 4세기부터 7세기 사이에 전성기를 맞았고 도시가 전성기를 구가할 무렵의 인구는 대략 12만 명에서 20만 명. 광범위한 교역을 통해 경제력을 축적하고, 강력한 군사력을 보유해 중미 전역에 세력을 떨쳤으나 7세기 무렵 홀연히 자취를 감춘 신비의 도시 테오티우아칸. 그 이유에 대해서는 추측만 난무할 뿐 해답을 찾지 못한 상태인 이 도시는 지금 내가 살고 있는 현생에서는 아직 유적지의 반도 발굴 못한 채 그저 멕시코 정부의 돈벌이 수단으로 전락한 잊혀버린 고대의 도시일 뿐.

나는 얼마 전 아주 흥미롭게 읽었던 잃어버린 고대 문명에 대해 서술한 책에서 보았던 내용을 떠올린다.

"지금 우리는 미래의 이집트에서 기원전 100년으로 갑자기 시간을 거슬러 여행 중인 건가요? 이토록 잔혹한 장면을 제게 보여 주는 이유가 대체 뭔가요?"

"이곳 사람들은 세계가 지속되기 위해서는 인간의 심장과 피를 신에게 바쳐야 한다고 믿었지. 이 의식은 테오티우아칸의 멸망 후 14세기에서 16세기 초반까지 번성했던 아즈텍 문명에서도 이어져 오다가 1520년 에스파냐의 에르난 코르테스가 이곳을 점령한 뒤에야 사라졌다."

내 질문에 대한 답 대신 이 시대 사람들이 산 사람을

제물로 바치는 이토록 잔인한 의식을 하는 이유에 대해 설명하는 D. 그는 이곳으로 날 데려온 이유에 대해 설명해 주질 않는다. 왜일까?

"아들아, 더 이상 여기서 지체할 시간이 없구나. 좀 전에 우리가 있던 곳으로 다시 가 보자꾸나."

D의 말이 끝나자마자 나는 또다시 하늘로 솟구쳐 지구 대기권 밖으로 날아간다. 그러다 우주에서 한 곳에서 머문 나⋯. 축구공만큼 자그마해진 지구가 한눈에 보인다.

그런데 이상하다. 갑자기 필름이 아까와 반대 방향, 거꾸로 돌기 시작한다.

미래의 이집트로 가려면 필름이 앞으로 돌아가야 하는데⋯.

한참동안 거꾸로 돌던 필름이 멈춘다. 그리고 앞으로 돌기 시작한다.

여긴 어디인가?

나는 지금 지구의 대기권 밖 우주에서 축구공만큼 작아진 지구를 바라보고 있는 중이다.

축구공만한 지구가 점점 커진다. 내가 지구를 향해 날아가고 있는 것이다.

나는 지금 아프리카 대륙의 북쪽 지중해 연안에 인접한 나라 이집트, 그 중에서도 피라미드가 있는 기자를 향해 날아가고 있는 중이다. 그 사이 대기권으로 진입한 나는 구름을 뚫고 아래로 내려간다. 좀 전에 보았던 피라미드와 스핑크스가 위치한 이집트의 미래 도시가 보인다. 피라미드 주위를 둘러싸고 있는 수백 층의 초고층 빌딩과 빌딩 숲 사이를 날아다니는 기이한 형태의 교통수단들, 그리고 SF 영화에서나 볼 법한 이상한 옷을 입은 사람들이 분주히 오가는 거리.

갑자기 천지를 진동하는 굉음이 울리며 땅이 흔들린다. 지진인가?

도시를 삼킬 듯한 거대한 해일이 지중해로부터 밀려온다. 쓰나미인가?

비가 내린다. 하늘에서 구멍이라도 난 듯이 폭우가 쏟아진다. 태풍인가?

사람들이 아우성치며 거리로 뛰쳐나온다.

하늘을 날아다니는 자동차들이 초고층 빌딩 안에서 쏟아져 나온다.

해일과 합세한 폭우가 도시를 집어 삼킨다.

거리가 물에 잠긴다. 거리에서 아우성치던 사람들이 물에 잠긴다. 스핑크스가 물에 잠긴다.

피라미드가 물에 잠긴다. 수백 미터 높이의 초고층 빌딩이 물에 잠긴다.

빌딩 사이를 날아다니던 자동차들도 물에 잠긴다.

"지금 네가 보고 있는 이곳은 이집트의 미래 도시가 아니란다. 지금은 기원전 10500년이야. 너는 아주 먼 옛날 태고의 기억들. 지금은 아무런 역사적 기록이 남아있지 않는 우리 현생인류가 기억에서 잃어버렸던 초고대 문명의 종말을 보고 있는 거란다."

순간 나는 엄청난 충격을 받는다. 내가 하늘에서 내려다보고 있던 곳이 이집트의 미래 도시가 아니라 기원전 10500년 전의 까마득한 과거라고? 그리고 지금 이 장면이 과거에 번성했던 잃어버린 인류의 초고대 문명의 종말이라고?

"아들아. 너는 세계 곳곳에서 신화처럼 전승되어 오는 대홍수의 신화에 대해 들어 보았느냐? 인류 문명이 남긴 오래된 기록이며 가장 널리 알려진 구약성서에서의 대홍수와 노아의 방주의 이야기를. 게다가 이보다 더 오래 전 기록된 메소포타미아의 길가메쉬 서사시를 비롯하여 그리스의 철학자인 플라톤에 의해 언급된 아틀란티스의 이야기도 있지. 그 외에도 중국, 러시아, 스칸디나비아, 영국, 인도, 하와이, 미국, 알래스카, 멕시코, 페루, 브라질, 호주, 아프리카, 수마트라, 폴로네시아 등 세계 곳곳에서 독립된 형태의 대홍수의 전설이 우리가 살고 있는 현생에까지 이어져 오고 있다네. 그건 대홍수가 그저 구전으로 전해 내려오는 신화 속 이야기가 아니라 과거에 실제로 있었던 엄연한 역사적 사실이기 때문이지."

계속해서 D의 내레이션이 이어진다.

"우리가 사는 현생으로부터 6500만 년 전, 소행성의 지구 충돌로 당시 지구를 지배하던 공룡이 멸종된 이후 인류는 지구의 주인이 되었지. 그 후로부터 인류는 발전에 발전을 거듭해서 기원전 10500년경에 최고로 발달한 문명을 이룩하게 되었다네. 지금 우리가 사는 현생보다 훨씬 더 발달했었던."

지금까지 전승되어 오던 대홍수의 신화가 실제 있었던 일들이라니…. 내가 충격을 받고 아무 말도 못하는 중에도 D의 이야기는 계속된다.

"그러던 어느 날 극지에 점차로 쌓여가던 얼음의 엄청난 무게 때문에 어느 시점에서 원심력의 작용으로 지각 전체가 맨틀 위에서 한꺼번에 미끄러져 움직여지게 되었어. 무거워진 극지는 회전 속도가 빠른 적도 쪽으로 이동하게 되었지. 예를 든다면 오렌지의 껍질과 알맹이가 분리되어 껍질이 알맹이는 그대로 둔 채 반 바퀴 회전했다고 생각하면 이해가 쉽게 될 거야. 즉 오렌지의 껍질에 해당하는 지각이 통째로 움직였을 때 야기되는 지진과 해일 등 지표에 가해지는 충격은 가히 상상조차 하기 힘든 규모가 아니겠니? 지각 이동의 최종 결과로 극지가 열대나 온대 지역으로 바뀌고 반대로 온대나 열대지역은 극지가 되었지. 때문에 애초에 극지에 쌓여 있던 엄청난 양의 얼음이 녹아내리게 되었고. 지각 이동의 여파로 인한 지진과 해일에다 녹아내리는 얼음은 해수면을 상승시켜 대홍수를 유발하게 되었어. 그때까지 최고의 문명을 이룩하였던 인류는 비참한 종말을 맞게 되었던 거지."

D의 말을 듣던 나는 혼자 생각한다.

'이 이야기는 20세기 중반 미국 킨 대학의 찰스 햅굿(Charles Hapgood) 교수가 주장했던 지각 이동론과 동일한 이야기이다. 지금의 남극 대륙이 아주 먼 옛날에는 온대 지역에 위치했던 잃어버린 대륙 아틀란티스일지도 모른다는….'

D가 말한다.

"아들아. 내가 카페 chaos에서 너에게 했던 이야기 기억나느냐? 현대 과학은 미개한 현생인류가 만들어

놓은 또 다른 미신이라고 했던, 프로이트의 이드(원초
아)에 우리 인류의 비밀이 담겨져 있다 했던, 우연히 꿈
에 나타난 태고의 기억들이 인류 문명에 획기적인 발
전을 가져 왔다고 했던….”

　D의 말이 이어진다.
　“고트 이스트 톳트(Gott ist todt)!”
　‘신은 죽었다’를 외치는 D의 목소리가 내 귀에 들려
온다.
　“데자뷔, 프로이트, 이드, 무의식, 퇴행요법, 꿈에서
보이는 태고의 기억들, 달라이 라마, 이러한 전생의 기
억들이 존재한다는 명백한 증거들을 과학적 근거가 없
다며 애써 외면하는 미개한 현대 문명인들을 나는 경
멸한다네. 이미 지금의 현생으로부터 10500년 전에 자
신들보다 훨씬 발달했던 초고대 문명이 있었다는 사실
조차 알아내지 못하고 증명해 내지 못하는 미개한 현
대 과학을 목숨처럼 신봉하면서도 종교와 철학이란 비
과학적인 분야에는 관대한 시선을 보내는 현생인류들
의 이중적인 태도가 난 너무나 위선적이라고 생각한단
다. 인류의 오래된 진실을 애써 거부하는 현대의 문명
인들이 과학의 이름으로 신을 죽여 놓고선 종교란 이

름으로 신의 목숨만 겨우 연명시켜 놓은 셈이지."

황당한 D의 주장이지만 내가 밤을 새워가며 들었고 지금 내 눈앞에서 펼쳐지는 광경을 직접 본 게 있어 난 그저 그의 말을 듣기만 하고 있다.

"인류가 종교와 철학과 신과의 관계를 완전히 끊고 인간 스스로의 힘으로 일어서야 한다던 조금 전 카페에서 내가 했던 말 기억나니? 아들아, 지금까지 내가 너에게 들려주고 보여 주었던 모든 얘기들은 결국 지금까지 네가 살아오면서 알고 있던 모든 것들이 진리가 아니란 얘기지. 지금껏 너는 마치 영화에서나 존재할 법한 가상현실을 살아오고 있었단 얘기란 말이야. 지금이야말로 현생인류가 과학과 종교라는 서로 어울리지 않는 물과 기름 같은 관계가 공존하는 현대 문명 사회의 모순을 직시하고 인간 스스로의 힘만으로 분연히 떨쳐 일어서야 할 때란다. 그리고 새로운 진로를 모색해서 앞으로 나아가야만 한단다."

또다시 내가 알아듣기 힘든 어려운 얘기를 하는 D.

"1971년 포항의 밤바다에서 여섯 살 꼬맹이 승희를 찾아낸 순간 난 네 몸 은밀한 곳에 새겨진 우리 드라큘레시티 가문의 상징인 용 문양을 확인하고 널 암스테르담으로 데려가려 했지. 그리고 내가 600년 동안 열두 번을 환생하며 알게 된 모든 지식을 전수해서 너를 현생인류를 깨우칠 진정한 지도자로 만들 계획이었다. 난 600년 동안 열두 번의 환생을 하며 생생히 기억나는 전생의 기억들의 고통으로부터 벗어나고자 명상을 하게 되었고, 명상이 거듭 될수록 우주의 비밀과 진리를 알 수 있게 되었다. 이러한 수백 년 간의 명상을 통해 지금 네가 보았던 네 전생의 모습들, 그리고 지금으로부터 10500년 전에 존재했었던 잃어버린 초고대 문명의 존재에 대해 알게 되었지. 석가모니, 예수, 마호메트니 하는 현생인류의 최고 현자들보다 무려 12배나 더 되는 인생을 살며 난 우주의 진리를 깨달았다 자처한다."

바로 이것이 D, 아니 전생의 내 아버지께서 내게 말하고 싶었던 마지막 퍼즐이었단 말인가?

담담한 D의 목소리가 이어진다.

"포항의 밤바다에서 널 데려가려다 너의 아버지를 마주친 순간 난 알 수 있었지. 현생에서의 너의 아버지께서 널 얼마나 사랑하시는지. 600년 전의 아버지였던 내가 어린 승희를 낯설고 물선 머나먼 나라 네덜란드에서 키우기보다 오히려 현생에서의 아버지가 널 더 잘 키울 수 있다 생각하여 당시의 내 계획을 수정하게 되었던 거란다. 아들아, 좋은 부모님 밑에서 지금까지 잘 자라준 네가 고맙구나. 앞으로 넌 전 세계 73억 인류를 이끌 지도자가 되어야 한다. 각각의 서로 다른 나라와 종교와 언어, 이념과 인종 등으로 쪼개어진 인류를 하나로 만들고 사랑과 배려와 기품이 넘치면서도 고도로 발달했던 10500년 전의 초고대 문명을 다시 되찾는 위대한 지도자가 되어야 한단 말이다. 600년 동안 열두 번의 환생을 거듭하여 머나먼 동양의 작은 나라 한국, 그곳에서도 구석진 도시, 포항에서 널 찾아내고서도 다시 40년을 더 기다려 오늘 널 카페 chaos에 초대했던 이유가 바로 여기에 있다. 이게 바로 내가 제시하는 마지막 퍼즐 한 조각이란다. 이제는 네가 그리는 거대한 그림을 완성할 시간이란다. 내 역할도 거의 다 되어 가는 듯하구나. 내겐 주어진 시간이 그리 많지 않단다. 이제는 내가 그토록 네게 보여 주고 싶었던 곳으로 가야할 시간이다."

'내가 현생인류의 지도자가 되어야 한다고? 그리하여 10500년 전의 초고대 문명을 재건해야 한다고? 이게 바로 D가 제시하는 마지막 퍼즐 한 조각이라고? 아직도 난 이 사람이 600년 전 전생의 내 아버지였다는 확신도 없는데? 아직 내 몸에 새겨진 용 문양도 확인

못했는데? 그리고 평범한 동네 의사인 내가 무슨 현생 인류의 위대한 지도자? 이게 무슨 뚱딴지같은 소리란 말인가?'

내가 이런 생각을 하고 있는 동안 필름이 서서히 앞으로 돌아가기 시작한다. 내 눈앞에서 대홍수로 종말을 맞이한 10500년 전의 초고대 문명, 초록별 지구가 대홍수로 온통 물에 잠겨 있다. 필름이 서서히 앞으로 돌아가면서 온통 지구를 덮고 있던 물이 빠지고 물에 잠겼던 땅이 드러나기 시작한다. 땅 위에는 아무 것도 없다. 대홍수로 모든 것이 사라진 것이다. 필름이 좀 더 앞으로 돌아간다. 아무 것도 없던 황량한 대지에 풀이 자란다. 나무가 자란다. 동물들이 어디선가 나타나기 시작한다. 그리고 사람들의 모습이 보이기 시작한다. 대홍수를 피해 어디에선가 살며 끈질기게 목숨을 지켜왔던 사람들이 나타난 것이다. 내 눈앞에서 펼쳐지던 풍경이 영화 속 필름처럼 급속히 앞으로 돌기 시작한다. 그러다 필름이 멈춘다.

여긴 어디인가?

과거의 나, 현재의 나

넓은 평야가 보인다. 군데군데 피워진 모닥불로 인해 사방에 연기가 자욱하고 음산한 분위기마저 느껴지는 이곳. 게다가 간간이 불어오는 바람에 실려 오는 역겨운 피 냄새. 내가 내려다보고 있는 이곳은 중세시대의 어느 전쟁터 같다. 천막으로 만든 막사가 보이고 영화에서 볼 법한 중세시대의 갑옷을 입은 병사들이 막사를 들락날락하고 있다. 다른 한쪽에는 헤아릴 수 없을 만큼 수많은 말들이 역시 갑옷을 입은 채 구유에 담긴 말먹이 풀을 먹고 있는 광경이 보인다. 내가 방향을 바꿔 좀 더 아래쪽으로 내려가 보기로 하고 방향을 트는 찰나, 눈앞에 기괴하면서도 참혹한 장면이 펼쳐진다.

이어서 사람들이 고통 속에 신음하는 소리가 들린다.

수많은 사람들이 기다란 대꼬챙이에 몸을 꿰인 채 극한의 고통을 이기지 못하고 아우성친다. 지금 내 눈앞에 사람의 항문에 꼬챙이를 꿰인 채, 순전히 몸무게만의 힘으로 꼬챙이가 사람의 몸을 통과하게 하면서 꼬챙이 끝이 가슴 앞부분이나 등 뒤로 튀어나오게 해서 서서히 죽음에 이르게 하는 잔인한 형벌이 진행 중이다. 체중이 많이 나가는 사람은 꼬챙이가 몸을 일찍 관통하게 되어 빨리 죽어 오히려 행복하게 생각할 만큼 끔찍한 형벌이다. 반면에 몸무게가 적게 나가는 사람은 꼬챙이가 몸을 통과하는 속도가 느려서 3일 정도를 산 채로 극도의 고통을 느끼다 죽어간다던 중세시대의 잔혹하고도 무자비하던 형벌.

"아들아, 이곳은 내 조국 왈라키아와 오스만제국이 일전을 벌이고 있던 1459년 중세의 유럽이란다. 당시 오스만제국을 지배하고 있던 메흐메트 2세가 왈라키아 공국에 사신을 보내 조공을 요구했었지. 그러자 왈라키아의 영주였던 블라드 체페쉬(드라큘라)는 사신들에게 터번을 벗고 예의를 갖추라고 말했단다. 이에 사신들은 터번을 쓰는 것은 오스만 문화인데 어찌 남의 문화를 존중하지 않느냐며 따졌다. 그러자 체페쉬는 오스만의 문화를 존중해 준다면서 영원히 터번을 벗지 못하게 그들의 머리에다 대못을 박아버리고 그 상태로 사신들의 시신을 그들의 본국에 돌려보냈다. 이러한 행동을 한 체페쉬에 모욕감을 느낀 메흐메트 2세가 당장 대군을 파견하려 했지. 그러다 메흐메트 2세는 왈라키아 공국과 동맹관계를 맺고 있던 헝가리의 지원이 두려워 침공을 잠시 미루는 대신, 블라드 체페쉬를 암살하기 위하여 1,000여 명의 기마군을 파견했었지. 하지만 미리 정보를 입수했던 체페쉬가 기마군이 지나가는 길목에 자신의 군사들을 매복시켜 적군을 모두 체포해서 기다란 나무 장대에 꽂아 처형한 후 길가에 세워 뒀었다. 지금 네가 보고 있는 광경은 당시 그를 암살하려던 기마군을 포로로 잡은 체페쉬가 이들을 처형하고 있는 장면이지."

하늘 위에서 이 광경을 지켜보던 나는 꼬챙이에 꿰인 채 죽어가는 사람들 옆으로 내려선다. 탄탄한 근육으로 다져진 오스만제국의 튀르크 전사들. 하지만 대꼬챙이에 꿰인 채 죽어가는 이 사람들은 이미 인간의 형상이 아닌 도살장에 끌려가 죽음을 맞이하는 짐승의 모습에 다름 아니다. 너무나 잔인한 장면이다. 이보다 더 잔인한 형벌이 이 지구상에서 존재할까? 포로들이

제발 빨리 죽여 달라고 아우성친다. 이때 내 눈앞에 장대에 꽂힌 채 죽어가는 튀르크 전사들이 흘리는 피를 술잔에 받는 여자의 모습이 보인다. 고귀한 신분을 가진 자의 여자 시종인 듯한 그녀는 술잔 가득 포로의 피를 받아 어딘가로 종종 걸음을 내딛는다. 호기심에 나는 그녀의 뒤를 쫓는다.

피를 담은 술잔을 들고 어디론가 향하는 여 시종의 발길은 참혹한 처형이 이루어지는 평야가 한눈에 보이는 어느 언덕에 마련된, 전쟁터에 어울리지 않는 약간은 호화롭고 커다란 식탁이 있는 막사를 향한다.

막사 앞에 놓인 커다란 식탁은 한가운데 용의 문양이 새겨져서인지 기품이 있어 보인다. 하지만 그 위에 놓인 음식들은 막사 주변에 피워 놓은 모닥불에 직접 구운 듯한 불에 그을린 고기 몇 점과 과일 몇 조각, 그리고 약간의 빵과 술이 놓여 있을 뿐 보잘것없다. 식탁 앞에 앉아 있는 고귀한 신분인 듯한 남자에게 여 시종이 피가 담긴 술잔을 건넨다. 나는 지금 여 시종의 앞에 앉아있는 사내 바로 옆에 서 있다. 갑옷을 입고 투구를 쓴 채 고개 숙여 뭔가를 생각하는 듯한 사내가 여 시종으로부터 술잔을 받아든다. 그리고 한 손으로 건배하듯 술잔을 높이 쳐든다. 내 눈에 그의 얼굴이 들어온다. 그는 바로 가시공작 블라드 체페쉬, 즉 블라드 드라큘라다. 내 몸에 전율이 인다. 그는 나다. 이유도 설명도 필요 없다. 그가 바로 나라는 걸 지금 이 순간 알 수 있다.

그가 높게 쳐든 술잔을 입으로 가져가더니 그 안에 담긴 피를 마시기 시작한다.

방금 전까지도 장대에 항문을 꽂힌 채 아우성치던 튀르크 전사의 심장을 통과하던 신선한 피의 맛이 그대로 내게 전해진다. 마치 살아있는 짐승의 목을 베고 그 자리에서 흘러내리는 피를 받아 마시는 듯 뜨끈하고 역겨운 피의 맛! 그 피가 내 목구멍을 통과해서 식도를 지나는 것을 나도 그대로 느낄 수 있다.

그는 바로 나인 것이다. 지금껏 내가 자신의 아들 블라드 드라큘라였다는 걸 밤을 새워가며 이야기하던 D의 이야기에도 설마하며 믿지 못하던 나였다. 하지만 지금 눈앞에서 600년 전의 블라드 체페쉬가 마시는 튀르크 전사의 피 맛을 고스란히 느끼면서 비로소 나는 D의 말이 진실인 것을 믿을 수밖에 없게 된 것이다. 내가 600년 전의 드라큘라였다니….

술잔에 담긴 포로의 피를 음미하듯 천천히 마시던 블라드 체페쉬가 자신의 가문의 상징인 용의 문양이 새겨진 식탁 위에 잔을 내려놓는다. 마시던 피를 입 주위에 가득 묻힌 채 고개를 돌려 바로 옆에 서 있던 나를 똑바로 쳐다보며 미소 짓는 블라드 드라큘라. 이전 D 와의 두 번에 걸친 전생 체험에서와 달리 이자는 옆에 서 있는 나를 알아보는 눈치다.

아아아… 이 일을 어쩐단 말인가.

"아… 아버지, 왜 아무 말이 없으신가요? 내게 뭐라 말 좀 해 주세요. 내가 정녕 전생에 당신의 아들 블라드 드라큘라가 맞습니까?"

지금껏 전생 체험을 위한 여행을 하는 동안 늘 내 곁에 있던 미스터 D, 아니 내 아버지 블라드 드라큘이 이전과 달리 말이 없다. 대신 입 주위에 마시다 만 튀르크 전사의 피를 잔뜩 묻힌 채 말없이 날 바라보며 한동안 미소 짓던 600년 전 왈라키아 공국의 영주 블라드 3세, 즉 블라드 드라큘라가 말을 한다. 아니 정확히는 말을 하진 않으나 난 그의 목소리를 들을 수 있다.

"그대가 600년 후의 나인가?"

난 얼어붙고 만다. 600년 전 과거의 나인 블라드 드라큘라가 미래에서 온 날 알아보고 내게 말을 걸다니, 믿을 수 없는 상황이다. 과거의 나와 현재의 내가 이렇게 마주하며 서로를 알아보는 건, 말이 되지 않는다. 타임 슬립을 소재로 하는 영화 속에서나 일어날 법한 일이 지금 내게 벌어지고 있다.

체페쉬가 다시금 말한다. 아니 생각한다.

"이상하게도 얼마 전부터 똑같은 꿈을 계속 꾸었지. 돌아가신 내 아버지 블라드 드라쿨이 꿈에 나타나서는 조만간 600년 후의 내가 머나먼 나라에서 나를 찾아 올 거라고 말씀하셨다. 나랑 전혀 딴판으로 생긴 그대가 정녕 600년 후의 나란 말인가?"

평생을 루마니아 왕가의 자제로 살아오다 지금은 왈라키아 공국의 왕이 된 그의 말투 하나하나에는 말로 표현하기 힘든 위엄이 서려 있다. 이런 게 중세시대 왕족들의 말투인가? 난 막사 앞에 놓인 용의 문양이 새겨진 식탁을 가운데 두고 600년 전의 나인 블라드 드라쿨라를 마주하고 앉는다. 그리고 생각으로 말을 대신한다.

"그대 눈에는 내가 보인단 말이오? 난 그저 그대의 아버지와 전생 체험 중인 시간 여행자에 불과할 뿐인데…. 시간을 거슬러 여행하는 나그네에 다름 아닌 나를 어찌 그대는 알아 볼 수 있단 말이오?"

마치 카페 chaos에서 미스터 D와 마주하고 대화하고 있는 느낌이다. 드라쿨라가 이어서 말한다. 아니 생각한다.

"명상이지. 어릴 적 오스만 제국의 볼모로 잡혀 살면서 갖은 고초를 겪던 난 자연스럽게 튀르크 족의 문화를 배우게 되었다. 난 동서양의 문명이 혼재하는 터키에서 동양의 문명을 접하게 되었고 그러면서 명상에 대해 알게 되었다. 내 아버지 블라드 드라쿨이 그들에게 거금을 주고 날 데려왔지만 또다시 헝가리의 볼모로 끌려가야만 했던 나를 지금까지 살아남아 내 조국 왈라키아의 왕이 될 수 있게 했던 원동력이 바로 끊임없는 명상이었단 말이지. 명상을 통해 난 미래에서 온 그대를 첫눈에 알아볼 수 있었다. 그리고 지금 이렇게 그대와 대화할 수 있는 것이다."

과거의 나 블라드 드라쿨라가 내게 묻는다.

"그대가 꿈에서 내 아버지 블라드 드라쿨이 말했던 먼 미래의 나인 걸 어떻게 믿을 수 있는가? 그대 몸 은 밀한 곳에 우리 드라쿨레시티 가문의 표식이 있는가?"

다짜고짜 미래에서 왔다는 나를 확인하려 드는 블라드 3세. 난 아직 내 몸의 표식을 확인하지 못한 상태여서 몹시 당황한다. 내가 우물쭈물하며 아무 대답을 하지 못하자 그가 다시 묻는다.

"그대는 밤을 사랑하는가? 그대는 잠들지 않는가? 그

대는 밥 먹지 않는가? 그대는 나처럼 잔인할 수 있는가? 마지막으로 그대는 스스로 한 나라의 왕이 될 자격이 있다고 생각하는가?"

융단폭격처럼 쏟아내는 드라큘라의 질문에 난 그저 넋을 놓은 채 아무 대답을 하지 못한다.

그의 옆에 서 있는 여 시종은 자신이 모시는 주인이 아무 말도 하지 않은 채 아무도 없는 식탁 건너편을 노려보고 있는 것을 몹시 이상하게 여기는 듯하다. 하지만 여 시종은 아무 내색도 하지 않고 주인의 옆에 공손히 두 손을 모은 채 가만히 서 있다. 괜히 그의 심기를 불편하게 하였다간 자칫 항문에 장대를 꽂힌 채 죽어가는 눈앞의 포로 신세가 될 수도 있다고 생각했기 때문일지도 모른다.

하지만 나는 그가 두렵지 않다. 그는 바로 나이기 때문이다. 그는 나를 잘 모르지만 나는 D와의 대화를 통해, 또 역사 속의 기록을 통해 그를 잘 안다. 심지어 비참하게 맞이했었던 그의 최후까지도….

거침없는 그의 질문에 당황하던 나는 곧 그가 나임을 깨닫고 이내 여유를 되찾아 대답한다.

"믿기지 않는 사실이겠지만 내가 600년 후 미래에서 온 당신임을 그대는 믿어야만 하오. 나 역시도 내가

600년 전의 왈라키아 공국의 왕 드라큘라였다는 사실을 믿을 수 없었지만 그대와 나의 아버지 블라드 드라큘과의 오랜 대화를 통해 그리고 지금의 전생체험 여행을 통해서 이젠 그대가 600년 전의 나임을 믿게 되었소."

이번엔 반대로 내가 거침없이 그에게 이야기한다.

"내가 사는 시대는 2011년이요, 현생에서의 서기력으로 환산했을 때 그대가 사는 지금은 1459년이지. 그대가 오스만 제국의 왕 메흐메트 2세가 보낸 사신의 머리에 대못을 박아 조롱하고 돌려보낸 직후 화가 난 메흐메트 2세가 그대를 암살하기 위해 보낸 기마군을 포로로 잡아 처형하던 바로 그때란 말이오. 지금으로부터 28년 전인 1431년, 그대의 아버지 블라드 드라큘이 왈라키아 공국의 왕에서 잠시 밀려나 트란실바니아의 시기쇼아라에 은거하고 있던 시기에 그대 블라드 3세, 즉 드라큘라가 태어났지. 그대와 그대의 동생 라두는 어린 시절 오스만제국의 볼모로 잡혀갔었고 이런저런 고초를 겪은 끝에 지금으로부터 3년 전, 왈라키아의 수도 트르고비쉬테로 홀로 귀환했던 그대가 그대의 반대파들을 제거하고 지금의 왕이 된 것이오. 지금 내가 했던 말 중 사실과 다른 점이 있다면 말해보시오."

D에게서 전해들은 이야기를 쉴 새 없이 드라큘라에게 퍼붓자, 드라큘라는 처음의 위풍당당함과 고고함을 잃고 허둥댄다. 오히려 자신에 대해 너무나 잘 아는 듯한 내게 기가 죽은 모양새다.

"그래서… 난 앞으로 어떻게 된단 말이오. 내게 말해주시오. 앞으로 내가 어떻게 될 것인지를…. 두 마리 호랑이 같은 오스만 제국과 헝가리 사이에서 약소국인 내 조국 왈라키아를 어떻게 이끌고 가야 할지를 제발… 제발… 내게 말해주시오."

갑자기 공손한 말투가 된 그가 내게 애원조로 말한다. 전세가 역전된 상황에서 내가 말을 이어간다.

"그대와 그대 조국의 운명은 그대가 개척해 가는 것! 미래의 역사는 지금 그대가 어떻게 하느냐에 달려 있지 않겠소? 다만 그대는 600년 후 내가 사는 현생에서 아주 유명한 인물이 된다오."

600년 후 자신이 유명한 인물이 된다는 내 말에 기분이 좋아진 듯한 드라큘라, 그가 처음 내게 퍼붓던 질문에 이제야 난 대답하기 시작한다.

"난 밤을 사랑하오. 하지만 600년 후 미래의 그대인 나는 보통 사람들과 똑같이 잠자고 똑같이 밥 먹는 평범한 사람이며 직업은 사람의 병을 고치는 의사라오.

난 그대처럼 사람을 고문하여 죽이고 그들의 피를 마실 만큼 잔인한 사람은 못 되오. 그리고 그대와 같은 한 나라의 왕이 될 자격이 있다고 스스로 생각해 본 적은 단 한 번도 없는 사람이기도 하고…."

처음 드라큘라가 내게 했던 질문에 대해 하나하나 답하면서 나는 미스터 D, 아니 내 아버지 블라드 드라큘이 600년의 시공을 뛰어 넘어 과거와 현재의 나를 만나게 한 이유를 어렴풋이 깨닫기 시작한다.

계속해서 내가 말한다. 아니 생각한다.

"그대는 전쟁 포로를 잡아 장대에 꽂아 잔인하게 죽였소. 또한 그대는 왈라키아 공국 내부에서 밀매와 무관세 무역을 하며 막대한 부를 축적한 독일계 작센인 상인들에게 과중한 세금을 부과했지. 그리하여 그대에게 저항한 작센인 상인들을 잡아 신체 일부를 자르거나 장대에 꽂아 처형하였고, 게다가 그대는 400여 명에 달하는 작센인 가톨릭 도제들까지도 산 채로 태워 죽였소. 이러한 과정을 독일어로 기록한 게르만 연대기 저술자들이 그대를 사악한 악마로 묘사하였소. 그리하여 그대는 서방세계에 잔혹하고 두려운 인물, 즉 흡혈귀 드라큘라로 알려지게 되었지…."

잠자코 내 말을 듣던 600년 전의 나, 블라드 드라큘라가 말한다.

"오스만 투르크의 지배자 메흐메트 2세는 나의 숙적이지. 내가 어릴 적 내 동생 라두와 오스만제국의 볼모로 잡혀있을 때 동성애자인 그로부터 성추행을 당했던 난 지금껏 살아오면서 그에 대한 적개심을 불태워 왔소. 비록 어릴 적 나와 함께 오스만에 볼모로 잡혀 갔던 내 동생 라두는 그들에게 넘어가 이슬람으로 개종하고 메흐메트의 충실한 개가 되어 이 험한 전쟁터에서 나와 창과 칼을 마주하고 있는 상황이 되어 버렸지만⋯."

들고 보니 메흐메트 2세가 보낸 사신의 머리에 대못을 박아 돌려보낸 블라드 드라큘라의 심정을 이해할만하다. 어린 시절 오스만에 볼모로 잡혀있던 힘없는 그에게 성추행을 했다니⋯ 메흐메트가 동성애자였다니⋯. 드라큘라의 동생 라두 역시 동성애자였다는 야사의 기록도 있으니 라두가 이슬람으로 개종하고 메흐메트의 충견이 되어 그와 전장에서 창과 칼을 마주하게 되었다는 드라큘라의 이야기가 사실임이 틀림없는 듯하다.

그의 말이 이어진다.

"제왕의 길은 두 가지, 첫째는 인의로 백성을 다스리는 것이요, 둘째는 힘과 공포로 다스리는 것이지. 내가 살고 있는 지금은 힘이 정의인 시대라오. 오로지 힘과 공포의 정치만이 사람들을 다스릴 수 있는 원천인 세상이란 말이지. 내가 이토록 잔인하게 사람들을 죽이는 이유는 단 하나! 오로지 내 조국 왈라키아와 내가 사랑하는 백성들을 위해서라오. 나는 계속되는 오스만 제국과의 전쟁을 준비하기 위해 국내적으로 사회통치를 아주 엄하게 실시하고 있소. 물건을 훔치거나 게으른 사람 그리고 거짓말을 하는 사람들은 물론 나 자신에게 예의를 갖추지 않는 사람들까지도 잔인하게 처형하지. 힘과 공포의 정치는 백성들로 하여금 내게 맹목적인 복종과 충성심을 일으키게 만들었고 내 나라에서 범죄자와 게으른 사람, 정직하지 못한 사람들이 존재하지 않도록 해 주었다오. 내가 제왕이 되면서부터 왈라키아의 사회 통치 강화를 위해 죄를 지은 자들에게는 이렇게 무자비한 방법으로 처벌을 내렸기 때문에 우리나라에는 도둑이 없소. 또한 공국 내의 모든 정직한 상인들은 자신의 재산을 빼앗길 걱정 없이 생업에만 전념할 수 있게 되었고…."

　내게 제왕의 길에 대해 강의하는 블라드 드라큘라. 하지만 나는 그의 생각과 조금 다르다. 그래서 나는 드라큘라에게 내 생각을 이야기하기 시작한다.

"그대는 오스만제국의 볼모로 잡혀있던 어린 시절 터키에서 동양의 문명을 접하고 명상을 즐겨하게 되었다 하였소. 하지만 내 눈엔 그대가 동양 문명의 정수를 제대로 알아내지는 못한 듯 보이오. 동양이든 서양이든 역사는 똑같이 반복되는 법! 그대가 사는 지금 이 시기보다 수백 년 전 아니 수천 년 전 천하를 지배하던 동양의 제왕들은 이미 공포의 정치와 인의의 정치를 그 시대 상황에 맞게 해 오고 있었소. 그대보다 무려 1700년 전을 먼저 살다간 동방의 큰 나라, 중국의 제왕 유방이란 사람은 무위無爲의 정치를 하였소. 그는 뚜렷한 형체가 없는 큰 그릇을 가진 사람으로 거기에 온 세상을 담아냈지. 일정한 틀이 없이 한없는 도량으로 천하를 품은 큰 그릇 유방, 그 역시 말년엔 그대처럼 자신을 도운 가신들을 의심하여 모조리 죽이거나 유배를 보내는 공포의 정치를 하였소. 하지만 말이오, 힘과 공포의 정치는 시간이 지날수록 백성들의 감각을 무디게 만들어 더한 잔인함과 공포를 요구하게 되지. 그러다 결국 공포의 정치란 칼날의 손잡이는 백성들의 손에 쥐어지게 되고 그 칼날의 끝은 자신을 향하는 비수가 되어 스스로의 심장을 관통하게 된다오. 지금은 그대의 힘에 억눌려 쥐죽은 듯 고요하게 숨어 지내는 이곳 왈라키아의 수도 트르고비쉬테의 귀족들이 언젠가 그대를 향해 비수를 들이댈 거란 말이요."

블라드 드라큘라는 공포 정치의 칼날의 끝이 언젠가는 자신을 향할 수 있다는 내 말에 흠칫 놀라는 표정을 짓는다. 그리고 내게 묻는다.

"그럼 어찌하면 좋겠소? 내가 힘과 공포의 정치를 하다 결국 나를 두려워하던 트르고비쉬테의 귀족들에게 암살이라도 당한단 말이오? 말해 주시오. 그렇게 되지 않으려면 앞으로 내가 어떻게 이 나라를 이끌어가야 할지를…."

자신의 최후를 암시하는 듯한 내 말에 드라큘라는 비통한 표정이 되어 내게 묻는다. 자신이 앞으로 나아갈 길에 대해서. 힘과 공포의 정치를 신봉하는 그의 신념이 지금 이 순간 크게 흔들리는 것이다.

"나는 백성을 사랑하고 그들을 위해 공포의 정치를 한다는 그대의 신념을 비난할 생각은 없소. 다만 피를 부르는 공포의 정치는 결국 그대의 피를 요구하게 될 거요."

이어서 내가 말한다.

"그대보다 1200년을 먼저 살다간 또 다른 중국의 제왕 유비란 사람은 인의仁義의 정치를 하였소. 백성을 사랑하고 그들을 자신의 힘의 근원이라 생각하여 그들과 항시 어울리고 그들의 눈높이에서 살아가고자 했었지. 그러면서도 자신의 가신들을 친형제 이상으로 생각하여 황제가 된 후에도 그들을 의심하거나 배신하지 않았소. 심지어 자신이 패망하면서까지 자신의 가신들의 복수를 하려 했었던, 어찌 보면 어리석을 수도 있는 유비의 의리와 인의의 정치를 내가 사는 현생에서는 말년에 가신들을 모조리 죽여 버리고 공포의 정치를 했던 유방보다 더 높이 평가를 하고 있단 말이오."

내 말을 잠자코 듣던 드라큘라가 말한다.

"인의의 정치? 그딴 건 평화로운 세상에서나 통하는 얘기지. 지금처럼 오스만 튀르크와 헝가리라는 강대국 사이에 끼인 내 조국 왈라키아에서 그대가 말하는 인의의 정치를 펼쳤다간 그야말로 사나운 맹수들에게 온몸이 갈기갈기 찢기는 한 마리 연약한 사슴 신세를 면치 못할 것이오. 지금은 공포의 정치를 통해 호시탐탐 내 조국을 노리는 주변의 강대국들과 나만 믿고 따르는 나의 백성들에게 왈라키아의 제왕인 나 블라드 드라큘라의 힘을 과시해야 할 시기지. 힘과 공포의 정치만이 진리인 시대란 걸 그대는 알아야 하오. 비록 내가 쥐고 있는 공포 정치의 칼날 끝이 나를 향하고 결국 나의 심장을 관통하여 내 숨통을 끊을 지라도 나는 결코 나의 신념을 꺾지 않을 것이오!"

자신의 최후를 암시하는 내 말에 잠시 기죽은 듯했던 드라큘라였지만 내가 인의의 정치에 대해 이야기하자 오히려 비분강개한 듯 힘과 공포의 정치를 신봉하는 자신의 신념을 꺾을 생각이 없다고 힘주어 내게 말한다.

600년 전의 나, 블라드 드라큘라와 600년 후의 블라드 드라큘라인 나는 백성을 위한다는 똑같은 대명제하에서 공포와 인의라는 너무도 상반된 제왕의 방법론으로 인해 팽팽하게 의견이 맞선다.

상황이 이러하자, 나와 드라큘라의 만남 이후부터 지금까지 아무 말이 없던 미스터 D, 아니 우리들의 아버지 블라드 드라큘, 시공을 초월하여 만난 두 사람의 내가 제왕의 길에 대해 벌이는 논쟁을 지켜보던 그가 드디어 입을 연다.

"아들아. 내 아들들아. 너희들의 논쟁은 의미 없는 것, 공포의 정치와 인의의 정치는 서로 상반되는 개념이 아니다. 이불 천의 씨줄과 날줄처럼 잘 조화를 이루어 하나의 통치 이념으로 완성되어야 하는 것이지. 드라큘라의 시대에 필연적인 공포의 정치와 백 선생이 꿈꾸는 인의의 정치가 조화를 이루어야만 비로소 제왕의 업을 완성했다고 볼 수 있다는 얘기다. 내가 600년의 시공을 초월하여 똑같은 자신인 너희 둘을 마주하게 하여 논쟁을 하게 한 건 제왕의 길은 한 가지만이 아니란 걸 서로의 대화를 통해 확인하고 느끼라는 거지. 똑같은 자신의 상반된 주장은 결국 하나의 통치 이념으로 귀결된다는 걸 너희는 알아야만 한다."

미스터 D, 아니 우리들의 아버지 블라드 드라큘의 음성이 저 멀리서 들려온다.

결국 내 아버지 블라드 드라큘이 전생 체험 여행에서 나로 하여금 600년 전의 나였던 드라큘라를 마주하게 한 의도가 바로 이것이었던가?

아버지의 D의 음성이 이어진다.

"드라큘라의 시대에서 드라큘라는 공포의 정치라는 알몸에 인의의 정치라는 따스한 옷을 입게 만들어라. 또한 백 선생이 주장하는 인의의 정치는 이상적이지만 나약할 수도 있는 통치 이념이다. 거기다 힘과 공포의 정치라는 검의 양날 같은 존재를 적절히 이용할 수 있어야 비로소 제왕의 업을 완성했다고 볼 수 있다. 결국 너희 둘은 한 사람이고 공포와 인의의 정치를 모두 다 알고 있다고 볼 수 있으니 서로가 논쟁한다는 것도 따지고 보면 무의미하다. 서로 간의 대화를 통해 그대들의 마음속에 공존하고 있는 두 가지의 통치이념을 각자의 마음속에서 끄집어내어 활용할 수 있길 바라는 게 나 블라드 드라큘의 뜻인 것이다. 이러한 공포와 인의의 정치가 씨줄과 날줄이 되어 촘촘히 엮여지게 된다면 미개한 우리 인류는 궁극적으로 사람이 주인이며 사랑과 배려가 조화를 이루는 기품 있는 사회로 나아가 새롭고 이상적인 세상을 만들 수가 있게 될 것이다. 그 중심에는 서기 2011년의 현생을 살아가고 있는 내 아들 백 선생이 있고…."

미스터 D는 내가 1459년의 드라큘라를 만나기 직전, 기원전 10500년경의 초고대 문명이 갑작스런 지각 이동으로 인한 대홍수로 멸망하던 장면을 보여주며 나더러 과거의 영화를 재건하는 현생인류의 위대한 지도자가 되어야 한다고 말했었다. 나는 그의 이야기를 떠올리며 600년 전의 나인 드라큘라를 만나서 대화하게 한 D의 의도가 내가 현생인류의 지도자가 될 자질이 있는지를 마지막으로 확인하고자 하는 데 있지 않았나 하는 짐작을 해보게 된다. 동시에 600년 전의 나였던 블라드 드라큘라에게는 그가 펼치는 공포의 정치가 결국 비수가 되어 그 자신을 노리게 될 거라는 점을 현생을 사는 나를 통해 경고해 주려 했다는 것도 말이다.

D, 아니 아버지의 이야기가 영화 속 내레이션처럼 다시 내 귀에 들려온다.

"600년의 시공을 초월해서 만난 나의 아들들이 서로 간의 대화를 통해 많은 깨달음을 얻었기를 바란다. 이 제는 떠나야 할 시간. 나와 백 선생은 이제 이번 여행의 종착지로 떠나야 한다. 자! 가자꾸나. 현생의 내 아들 아. 그리고 1459년을 사는 내 아들 드라큘라는 부디 미 래에서 온 자신인 백 선생의 이야기를 명심하길…."

이젠 작별인가? 600년 전 과거의 나, 블라드 드라큘 라와.

블라드 드라큘라와 식탁을 마주하고 앉아 있던 나의 몸이 서서히 떠오른다. 그리고 하늘을 향해 날아가기 시작한다. 드라큘라와 미처 작별 인사도 하지 못했는 데 내 아버지 블라드 드라큘은 나를 어디로 데리고 가 는 걸까? 발밑에서 천천히 하늘을 향해 떠오르는 나를 바라보는 드라큘라를 향해 나는 속으로 말한다.

'어릴 적 오스만의 볼모로 함께 잡혀있다 그들의 편 으로 돌아선 그대의 동생 라두 첼 프루모스에 의해 몇 년 뒤 그대는 왈라키아 공국의 왕의 자리에서 쫓겨나게 된다오. 오스만제국의 황제 메흐메트 2세의 충견이 되어버린 그대의 동생 라두가 왈라키아의 귀족들을 회유하여 그대를 배신하게 만들고는 자신이 왈라키아의 왕이 되지. 그 후 오랫동안 온갖 고초를 겪다가 다시 왈라키아의 왕으로 귀환한 그대는 결국 오스만 튀르크와의 전쟁을 준비하던 중 왈라키아 공국의 귀족들에게 암살을 당하게 되오. 그대의 성격을 익히 알고 있었던 왈라키아 귀족들이 이전에 그대를 배신했던 일로 자신들이 극형에 처해질지도 모른다는 불안감에 먼저 선수를 쳐 그대를 암살한다는 말이오. 그대의 시신은 부쿠레쉬티에서 얼마 떨어져 있지 않은 스나고브 수도원 인근에 안치되었다고 전해지지만 그대의 무덤은 내가 사는 현생에 이르러서까지도 발견되지 않고 있소.'

그의 미래를 이야기하는 내 눈에 눈물이 흐르기 시작한다. 600년 전에 살았던 나 자신의 최후를 나 스스로에게 말하고 있는 셈이라는 걸 깨닫게 된 나는 지금 너무도 슬프다.

눈물을 흘리며 드라큘라에게 작별을 고하는 나. 발밑에서 해맑은 표정으로 손을 흔들며 내게 작별인사를 하는 드라큘라는 내 이야기를 들은 걸까? 못 들은 걸까? 갑자기 이 모든 상황들이 너무도 슬프다.

나는 계속 하늘로 떠오르고 있다. 드라큘라의 모습이 점점 작아져서 보이지 않을 만큼 하늘을 향해 서서히 떠오르다가 이제는 속도를 내어 지구 대기권 밖으로 솟구쳐 날아가기 시작한다. 끊임없이 지구 밖으로 솟구치는 내 눈에 축구공만큼 작아진 초록별 지구가 보인다. 필름이 앞으로 돌기 시작한다. 계속 필름이 돌아간다. 그러다 어느 순간, 필름이 멈춘다.

필름이 멈추는 순간 지구가 점점 더 작아지고 축구공만하던 지구가 이제는 콩알 만해진다.

나는 지금 어디로 가는 것인가?

인류의 기원

불타는 거대한 항성을 중심으로 8개의 천체가 공전을 하는 모습이 한눈에 보인다. 이건 지구가 소속되어 있는 태양계이다. 나는 지금 우주를 날고 있다. 태양계에서 유일하게 스스로 빛을 내는 항성인 태양을 중심으로 9개의 행성 - 수성, 금성, 지구, 화성, 목성, 토성, 천왕성, 해왕성과 얼마 전 태양계에서 제외된 명왕성을 포함해 - 이 돌고 있다.

덴마크의 물리학자 닐스 헨리크 보어가 꿈에서 이 광경을 본 뒤, 이것이 원자 모형이란 걸 알아차리고 그 꿈으로 노벨상을 탔고 이를 본뜬 보어의 원자 구조 이론이 현대 원자 물리학의 기초가 되었다고 했던가?

아아… 한눈에 보이던 태양계가 점점 작아진다.

내 주변으로 별들이 지나간다.

항성, 행성, 소행성, 혜성들까지….

빛의 속도보다 더 빠른 속도로 날아가는 듯한 내 눈에 9개의 밝은 별들이 '?(물음표)' 모양을 이루고 있는 성단이 보이기 시작한다.

"아버지. 지금 우린 어디로 가고 있나요?"

엄청난 속도로 우주를 날고 있는 내 머릿속으로 D의 목소리가 들려온다.

"황소자리에 대해서 알고 있니? 아들아."

"황소자리?"

황소자리의 황소는 바람기 많은 제우스가 페니키아의 공주 유로파를 유혹하기 위해 변한 모습이라 배웠다. 바닷가에서 놀고 있는 유로파의 아름답고 우아한 모습에 반해버린 제우스가 사랑에 빠졌고, 유로파를 유혹하기 위해 눈부신 하얀 소로 변신한 제우스가 왕의 소떼 속으로 들어갔고, 많은 소들 중에서 멋진 흰 소를 발견한 유로파가 다가가 장난치듯 황소 등에 올라타자 흰 소는 기다렸다는 듯이 바다로 뛰어들어 크레타 섬까지 헤엄쳐 갔고, 크레타에 도착한 제우스는 본래의 모습을 드러내고 유로파를 설득시켜 아내로 맞이했다던 그리스 신화 속 바로 그 이야기.

"그럼 우린 황소자리로 날아가고 있는 가요?"

D가 말한다.

"M45는 황소자리 어깨 부분에 있는 산개 성단이지. 지구로부터 약 440광년 거리에 있으며, 지름이 15광년으로 수백 개의 별이 모여 있단다. 지구인들은 이 성단을 아틀라스의 일곱 자매라는 뜻인 플레이아데스 성단[9]이라고 부르지. 플레이아데스 성단의 일곱 별은 각각 일곱 자매의 이름을 갖고 있단다. 알키오네, 아스테로페, 케라에노, 엘렉트라, 마이아, 메로페 그리고 타이게타[10]…."

"그럼 지금 우리는 플레이아데스 성단으로 날아가고 있는 건가요?"

아버지 D의 음성이 들려온다.

"인간의 상상을 초월하는 아득히 먼 옛날, 거문고자리 성단인 베가, 라이라에서 최초로 발원된 라이라인들이 있었단다. 그들은 과학 문명을 일으켰고 성간 비행을 할 수 있는 수준에 이르자, 주변 별자리를 탐색하기 시작했단다. 그 결과 그들은 기원전 2200만 년 전 지구가 있는 태양계를 찾아냈고 지구에 정착지를 건설하였지. 당시 라이라인들의 키는 거대하여 6~9미터에 이르는 거인들이었고 당시 지구 토착 인류는 아주 원시적인 갈색 피부를 가진 인류로서 이렇다 할 지적 발전이 전혀 이루어지지 않은 유인원과 다름없는 상태에 있었단다. 지구에 사는 현생의 인류학자들은 지구 역사상 최초의 인류는 아프리카에서 화석으로 발견된 지금으로부터 대략 300만~500만 년 전의 오스트랄로피테쿠스라 주장하지만 사실 그보다도 훨씬 오래전에 원시인류가 존재했다는 이야기지. 다만 현생인류가 그 증거를 발견하지 못했을 뿐."

빛의 속도보다 훨씬 빠른 속도로 플레이아데스 성단을 향해 날아가고 있는 내게 아버지 D가 해주는 이야기는 가히 충격적이다. 그의 이야기는 내가 좋아하는 19세기의 프랑스 소설가 쥘 베른의 '지구 속 여행'이란 소설에서 주인공 악셀이란 소년이 자신의 삼촌이자 모험가인 리덴브로크 교수와 함께 아이슬란드의 스네펠스요쿨 분화구를 통해 지구의 중심부를 여행하다 신장이 4미터에 달하는 거대한 지하 인간과 조우하게 되는 장면을 연상케 한다.

지구 속 어딘가에 존재한다는 신장이 4미터에 달하는 거대한 지하 인간. 어쩌면 1800년대를 살다 간 쥘 베른이란 사람도 아득한 먼 옛날, 거문고자리의 베가,

라이라에서 지구를 찾은 거인 종족인 라이라인의 이야기를 누군가에게서 듣고 '지구 속 여행'이란 소설을 썼을지도 모른다. 나 역시 고대의 어느 유적지에서 미스터리 투성이의 거인의 유골을 발견했다는 기사를 어디선가에서 접했던 기억이 있다.

아버지 D의 이야기가 이어진다.

"당시 라이라인들의 과학 기술은 그다지 고도로 발달한 것은 아니어서 그들의 행성에서 지구까지 오기까지는 엄청나게 오랜 세월이 소요되었지. 라이라, 베가는 지구 태양계로부터 23광년이나 떨어져 있으니 광속을 초월할 수 있는 기술이 없었다면 엄청나게 오랜 세월 동안 우주를 방랑한 끝에 우리 지구가 속한 태양계를 발견할 수밖에 없지 않았겠니? 이들은 매우 호전적인 집단이었지. 우주를 여행할 기술을 얻게 되자 이들은 그 즉시 주변 태양계를 탐색하고 다른 종족들이 살고 있는 행성을 침략하여 멸망시키고 노예화하는 정복 전쟁을 펼쳤단다."

믿기 힘든 이야기다. 지금까지 D와 함께 하며 그에게서 듣고, 내 눈으로 본 이야기들 모두가 믿기 힘든 이야기지만 내가 아는 인류의 기원보다 훨씬 이전인 수천만 년 전으로 더 거슬러 올라간 과거에 거문고자리에 살던 외계의 인류가 지구를 찾아 정복전쟁을 벌였다는 이야기는 더 믿기 어렵다. 마치 영화 스타워즈 같은 공상과학영화에서나 접할 수 있는 이야기가 아닌가? 계속해서 D의 놀라운 이야기가 이어진다.

"이들 라이라인들은 은하계 내에서 수천에 이르는 타 행성의 종족들을 피와 죽음으로써 굴복시켜 노예화하고 그들의 광대한 제국을 건설했단다. 하지만 이들의 문명이 최고의 전성기를 구가할 무렵 느닷없이 나타난 매우 크고 파괴적인 혜성이 이들이 살고 있던 라이라 행성군과 충돌함으로써 그들 종족의 3분의 2가 몰살당하고 이들의 문명은 거의 멸망하다시피 했지. 그들의 문명은 다시 원시시대로 퇴보하였고 따라서 그들이 건설하였던 다른 별들의 식민지도 아울러서 쇠퇴하게 되었단다. 그들의 사회는 수천 년 후 다시 재건되었지만, 최고의 절정기에 달하면 인간에게 흔히 나타나기 마련인 지배욕과 권력욕으로 인한 전쟁으로 인해 멸망을 되풀이하였고 그들의 문명을 재건하는데 또다시 수백만 년의 세월이 소요되었단다. 그러는 사이 다시 기원전 387000년에 이르러 이들 라이라인들은 두 파벌로 나뉘어져 자기네끼리 참혹한 전쟁을 하게 되었고, 그 전쟁에서 패배한 자들은 그 형벌로 지구에 유배

되어 이주지를 건설하게 되었지.

본 행성에서 어느 정도의 과학적, 물질적 지원을 받던 그들은 이 이주지에서 원주민인 지구인들을 노예화하고 유전적 실험의 대상으로 삼음으로써 반인반수의 인간들을 탄생시켰고, 신체를 훼손하거나 강간하고 불구를 만드는 등 사악한 짓을 하였단다. 시간이 지난 후 이 사실을 알게 된 라이라 본 행성에서는 이들을 지구 행성에서 철퇴시키고 큰 죄를 지은 144,000명의 라이라인들을 지구 행성에 버려두고 떠났다. 이후 이주지는 본 행성으로부터 과학과 물질의 원조를 전혀 받지 못하여 점차 원시적인 야만상태로 되돌아갔고, 이들 144,000명의 라이라인들의 영혼은 지구계에 사로잡혀 윤회를 되풀이하게 되었다고 하지. 그리하여 당시 지구에 살던 미개했던 현생인류의 조상들은 그들을 신으로 섬기게 되었단다."

믿기 힘든 아버지 D의 이야기를 듣는 동안 저 멀리 우주에서 아름답게 빛나는 플레이아데스 성단이 점점 내 눈앞으로 다가오기 시작한다. 그 와중에도 D의 이야기는 계속 이어진다.

"한편 라이라 행성의 사람들은 고도의 과학 문명을 일으켜 인간의 영적인 능력을 최고도로 계발했지. 이

능력의 정점에 이른 자들은 이른바 '지혜의 왕'으로 불리며 자연계에 존재하는 모든 것들을 자유자재로 조절하고 다스리는 힘을 지니게 되었다고 한다. 이들을 지칭하는 말이 바로 이시비시(ISHWISH)였으며 이는 영지英知의 왕王을 뜻하는 말인데 시간이 지나 신神을 지칭하는 말로도 쓰이게 되었다고 하지. 오늘 날 기독교에서 칭하는 여호와, 야훼는 바로 이 이시비시를 의미한단다."

나는 오늘 밤 카페 chaos에서 만나 지금까지 종교와 철학을 이야기하던 D의 이야기를 떠올리며 생각한다.

'고트 이스트 톳트(gott ist todt), 신은 죽었다! 아버지 D가 그토록 강조하던 말이 바로 이것 때문이었단 말인가? 신은 결국 인간, 아니 외계인이었단 말인가? 그것도 고도로 발달했던 아주 오래전 과거의 외계인…. 나더러 신과 종교와의 관계를 끊고 인간 본연의 힘으로 분연히 떨쳐 일어서야 한다던 D의 말이 정녕 허황된 말이 아니란 말인가?'

D가 자신의 이야기를 이어간다.

"이들 영지英知의 왕들은 무자비하게 인민들을 다스렸지. 인민들은 이에 반발했다. 그리하여 기원전 230000년경, 또 한 번의 엄청난 전쟁이 발발하여 이토록 발전된 세계를 또다시 원시시대로 퇴보시키게 되었다. 이 전화를 피하여 또 다른 무리가 집단으로 우주선을 이끌고 탈출했단다. 그 무리의 지도자의 이름은 아사엘(Asael)이었다고 하며, 이들은 우주를 헤매다가 새로운 정착지를 건설했다고 하지. 그곳이 바로 지금 우리가 날아가고 있는 플레이아데스 성단이란다. 플레이아데스 성단의 일곱 자매 중 '타이게타'라는 행성에 정착한 이들은 새롭게 과학 문명을 일으키고 발전시켜 주변 항성계에 이주를 거듭하여 새로운 문명을 건설했었지.

이들 플레이아데스인들은 기원전 225000년 경 또다시 지구가 속해 있는 태양계를 방문하여 지구, 화성, 밀로나의 세 행성에 이주지를 건설하였는데, 이때는 화성에 물이 존재하고 생명체가 살 수 있었단다. 화성과 목성 사이의 소혹성계에도 본래는 행성이 존재하고 있었는데 이를 밀로나(말데크)라고 불렸지. 바로 이 시기에 지구에서는 아틀란티스로 불리는 문명이 구축되어 발전하기 시작했었고…."

D의 설명을 듣던 중 아틀란티스라는 단어에 내 신경이 집중된다.

'아틀란티스…. 그리스 철학자 플라톤이 남긴 두 편

의 대화록(티마이오스, 크리티아스)에 의해 전해지고 있는 전설의 대륙. 플라톤에 따르면 약 9000년 전에 아주 강력한 고대국가가 있었는데, 이 나라는 헤라클레스[11]기둥(The pillars Hercules : 지금의 지브롤터 해협 동쪽 끝에 솟은 두 개의 바위) 뒤편의 큰 섬에 위치하였으며, 그 섬을 아틀란티스라 불렀다고 했다. 플라톤이 거짓말쟁이일리는 아닐 터 나는 아틀란티스의 전설이 역사적 사실임을 굳게 믿고 있다.'

오늘날의 역사학자들에 따르면 아틀란티스는 인류가 최초로 문명을 일으킨 곳으로 많은 인구를 거느리고 있었으며, 멕시코 만, 미시시피 강, 아마존 강, 지중해, 유럽, 아프리카의 서안, 발트 해, 흑해, 카스피 해등 주변의 국가로 이들의 문명이 전해졌다고 한다. 고대 그리스인, 페니키아인, 인도인 등이 숭배하던 신들은 아틀란티스의 왕이나 영웅들의 이름이며, 아틀란티스 인에 의해 건설된 가장 오래된 식민지는 이집트일 것이라는 추정을 한다고도 한다.

플라톤은 아틀란티스가 대서양 한복판에 있었다고 주장했다. 그 때문에 많은 탐험가들이 대서양을 진지하게 탐사했고, 아메리카 대륙이 발견되자 그곳을 아틀란티스라고 해석하는 사람들도 있었다.

하지만 오늘날의 고고학계에서는 아틀란티스 대륙을 가공의 대륙으로 간주하거나 그렇지 않으면 청동기 시대의 크레타에서 번성한 미노아 문명의 영화를 우화적으로 표현한 것으로 간주하는 견해가 일반적이라 한다. 신벌神罰을 받아 침몰했다는 낙토樂土 아틀란티스….

D와의 전생 체험 여행을 떠나기 직전 카페 chaos에서 그가 잠깐 언급했었지만 미국의 고故 찰스 헵굿 교수와 스코틀랜드 출신의 저널리스트이자 작가인 그레이엄 헨콕, 그리고 캐나다의 랜드와 로즈 플렘-아스 등의 몇몇 연구가들이 제기했던 지구-지각 이동론 -사실 난 이들의 지각 이동론에 너무나 흥미를 느껴 이미 오래전에 그들의 저서를 하나도 빼놓지 않고 모조리 섭렵했었다.- 에선 이미 오래전부터 지구상에 이러한 현상들이 있어왔다고 했다. 또 이들은 기원전 10500년경에 마지막으로 대규모의 지각 이동이 있었다고 주장한다. 이들의 이론은 정통 천체과학자들이나 지질학자들에게 제대로 대접받지 못하고 심지어 거의 미친 소리라는 얘기까지 듣게 된다. 하지만 1997년 7월 25일, '지구-지각 이동'이라는 용어를 어찌어찌 피하기는 했지만, 지구의 지각은 움직일 수 있으며 실재로 움직인다는 것을 효과적으로

입증하는 증거가 정통 과학잡지 〈사이언스〉에 실렸다. 캘리포니아 기술연구소(Caltech) 연구자들이 수집한 이 증거는 5억 5천만~5억 3500만 년 전 시기에 초점을 맞추고 있다 했다. 칼테크(Caltech) 그룹의 보고서에는 이렇게 기술되어 있다.

'이 진화적인 폭발은 지구 역사상 분명 비길 바 없는 또 하나의 사건-대륙의 위치에 대해 지구의 회전축이 90도 바뀐 것-과 일치한다. 이전에 남북극에 위치해 있던 지역은 적도에 재배치되었다. 그리고 적도 근처의 두 대척지점이 새로운 극이 되었다. 이 사건 전과 그 후의 기간에 퇴적된 바위에서 우리가 수집한 지리, 물리학적 증거는 모든 주요 대륙들이 같은 기간 동안 폭발적으로 움직였다는 것을 보여준다.'

여기서 더 나아가 랜드와 로즈 플렘-아스(Rand & Rose Flem-Ath) 남매와 그레이엄 핸콕(Graham Hancock) 같은 몇몇 연구가들은 지금 우리가 남극 대륙으로 부르는 곳이 10500년 전의 대규모 지각 이동으로 이동했던 적도 부근에 위치했었던 아틀란티스 대륙이라는 대담한 주장까지 하게 되었던 것이다.

'비록 내가 흥미를 느껴 이들의 저서를 모조리 다 읽어보았다지만…. 그럼 아틀란티스 대륙이 존재했었다는 게 사실이란 말인가? 그것도 플라톤이 주장했던 9000년 전이 아닌 그보다 훨씬 오래전인 기원전 22만 5천 년에….'

내가 생각하는 동안에도 D의 설명은 계속된다.

"지금 화성과 목성 사이에 존재하는 소혹성계는 밀로나(말데크)가 참혹한 전쟁의 결과 폭발하면서 생겨난 것이란다. 지금 화성은 물이 없는 황량하고 메마른 행성이지만, 과거 NASA가 공개한 지구의 탐사선들이 찍은 사진들 중에는 물이 흐르고 바다가 존재했던 흔적들이 발견되고 있음을 이미 백 선생 자네도 여러 매체를 통해 접해봐서 알고 있을 거다. 그리고 그 사진 중에서도 가장 유명한 인면암, 그것이 과거 화성에 생명체가 존재했다는 결정적인 근거를 제시한다는 것도….."

그러고 보니 언젠가 내가 인터넷을 통해서 화성 탐사선이 찍은 인면암과 그 주변의 지구의 피라미드를 닮은 거대한 구조물의 사진을 봤던 기억이 내 머릿속에 떠오른다. 자연의 풍화 작용으로 우연히 만들어졌다고는 보기 힘든 인간의 얼굴을 쏙 빼닮은 화성의 인면암과 그 주변의 거대한 피라미드의 모습을 한 형상들. 이 역시도 그렇다면 기원전 22만 년 플레이아데스의 이주민들이 건설했던 문명의 흔적들이란 말인가?

D는 내가 머릿속으로 하는 생각들을 다 알고 있다는 듯 천천히 말을 이어간다.

"이때부터 약 3만 년 간 지구, 화성, 밀로나의 세 행성에는 플레이아데스 성단으로부터 이주한 인류가 살게 되었고 유래가 없을 정도로 긴 세월 동안 전쟁 없이 평화롭게 살았다고 하지. 그러나 기원전 196000년, 지구에서 다시 상호 간의 반목과 불신, 그리고 지배욕에 의한 전쟁이 발발하자, 플레이아데스 본 행성에서는 이 전쟁을 중지시키고 지구 정착지의 사람들을 모두 플레이아데스로 귀환시키게 되었다네.

그럼에도 불구하고 화성과 밀로나는 그때까지 전쟁 없이 평화롭게 지내고 있어 이들의 정착지는 유지되었지. 하지만 그도 얼마 지나지 않아 또다시 밀로나(말데크) 행성에서 반목과 질시 그리고 권력욕에 의한 전쟁이 발발하였고 그 참혹한 전쟁의 결과, 말데크는 완전히 파괴되어 산산이 흩어지게 되었다. 아울러 말데크의 파괴로 인해 발생된 우주폭풍은 화성을 궤도로부터 이탈시켜 모든 생명체를 파멸시키고 화성에 존재하던 물과 공기를 우주공간으로 흩어지게 만들었다고 하지. 이 이후로 화성은 생명체가 존재하지 않는 죽음의 혹성이 되고 말았다."

빛의 속도보다 더 빠른 엄청난 속도로 날아가고 있지만 내가 지구로부터 440광년이나 떨어져 있는 플레이아데스 성단에 도달하는 데까지는 아직도 시간이 더 걸리는 듯 하다. 아버지 D는 그동안 내게 아주 먼 옛날 지구를 지배하였던 플레이아데스인들의 역사에 대해 차근차근 설명해주고 있다.

지구, 화성, 밀로나. 플레이아데스인들의 식민지⋯ 그리고 아틀란티스로 불리는 22만5천 년 전 지구의 고대 문명.

거기다 오늘날 기독교에서 여호와 혹은 야훼라 칭하는 라이라 행성의 영지의 왕 이시비시와 그곳에서의 전쟁의 참화를 피해 무리를 이끌고 우주를 헤매다 플레이아데스 성단에 새로운 정착지를 건설했던 그들의 지도자 아사엘(Asael)까지⋯.

상상을 초월하는 아버지 D의 이야기를 들으면서 나는 점점 그의 이야기에 동화되기 시작한다.

타이게타를 향해

D가 말한다.

"타이게타(Taygeta). 타이게타는 황소자리에 있는 삼중성으로, 산개 성단인 플레이아데스 성단의 일원이며 지구에서 약 440광년 떨어진 곳에 있는 행성이란다. 그리스 신화에 나오는 플레이아데스의 일곱 자매 중 하나로 타이게테(Taygete)라고도 하며, '목이 긴' 이라는 뜻이지. 우리 여행의 최종 종착지이기도 하고…."

플레이아데스 성단이 가까워지자 타이게타 행성에 대해 이야기하는 D. 우리 여행의 최종 종착치는 타이게타인가? 나는 그리스 신화 속 타이게타의 이야기를 머릿속에 떠올려본다.

타이게타를 비롯한 플레이아데스 자매는 배다른 자매인 히아데스의 죽음을 슬퍼하다가 전원이 스스로 목숨을 끊은 뒤 별자리가 되었다고도 하고, 거인 사냥꾼 오리온[12])으로부터 7년 동안이나 추격을 당하는 자매들을 구하기 위하여 제우스가 별이 되게 하였다고도 했다.

그리스 신화 속 타이게타와 그 주변 인물들의 이야기를 떠올리던 내 앞에 플레이아데스 성단의 일곱 별 중 유난히 푸른 별이 서서히 눈에 들어온다. 흡사 지구의 모습을 연상하게 하는 초록빛 아름다운 행성, 타이게타다.

"황소자리에 있는 삼중성인 타이게타는 산개 성단인 플레이아데스 성단의 일원이며 지구로부터 약 440광년 떨어진 곳에 있다."

눈앞에 타이게타 행성이 보이면서 난 아버지 D가 해주는 이야기를 주의깊게 듣는다. 그런데 삼중성이란 D의 말처럼 타이게타는 하나가 아닌 세 개의 행성으로 이루어져 있다. D의 음성이 들려온다.

"타이게타는 세 개의 행성으로 이루어져 있지. 주성 타이게타 A는 청백색 준거성으로 겉보기 등급은 4.30 이란다. A는 분광쌍성으로 겉보기 등급 4.6, 6.1의 두

별이 가까이 붙어 있지. 이들은 천구상에서 0.012 초각 떨어져 있으며 질량 중심을 1313일 주기로 공전하고 있는데 반해 반성 타이게타 B의 밝기는 8등급으로 A로부터 69초각 떨어져 있지. 타이게타의 적경은 03시간 45분 12.5초이며 적위는 플러스 24도 28분 02초각이란 다."

내가 잘 알아듣지 못하는 천문학적 용어를 써 가며 친절하게 내게 설명해 주는 아버지 미스터 D. 아마도 내 아버지 D는 자신과의 대화가 거듭되면서 아들인 나조차도 마치 자신처럼 이 세상 모든 일에 통달한 걸로 착각하시는 듯하다. 내가 속으로 말하는 걸 알아들은 듯 아버지 D가 말한다.

"적경赤經은 천문학 용어로, 적도 좌표계에서 천구상의 한 점을 나타내기 위해 사용하는 두 개의 좌표 중의 하나이지. 천구의 춘분점에서 천구의 적도를 따라 천체까지 반시계 방향으로 측정한 시각이란다. 예를 든다면 지구의 24절기 중 춘분일 때, 적경은 0°(또는 0시)이고 하지일 때 적경은 90°(또는 6시), 추분일 때 적경은 180°(또는 12시), 동지일 때 적경은 270°(또는 18시)가 되는 거지. 적위는 천구天球상의 위도에 해당되는 것으로, 적경赤經과 함께 천체의 위치를 알려준다. 천구의 적도를

0으로 하고, 이에서부터 북北을 +, 즉 정正, 남南을 -, 즉 부負로 구분하고 각기 0~90°로 된다네."

마치 고등학교 시절로 돌아가 지구과학 수업을 받는 기분이다. D의 말이 이어진다.

"우리의 목적지는 타이게타의 세 행성 중 주성인 타이게타 A의 쌍성 중 하나인 알파 행성이란다. 저기 네 눈앞에 보이는 쌍둥이 별 중 밝게 빛나는 행성이지. 빛이 없는 행성은 베타 행성으로 소행성과의 충돌로 이미 오래전부터 죽음의 별이 되어버렸고…."

'아아! 이 넓은 우주에서 행성의 종말이 한 번쯤은 필연적으로 오는구나! 지금으로부터 6500만 년 전 소행성과의 충돌로 지구에서는 공룡이 멸종했고, 내가 D와의 전생여행에서 목격했듯이 기원전 10500년에는 지각 이동으로 지구의 초고대 문명이 멸망했었다. 게다가 고도로 발달했던 외계 문명조차도 인간의 탐욕으로 인한 전쟁으로 멸망과 재탄생을 반복했다 한다. 문명의 탄생과 진화, 그리고 자연재해 혹은 인간들 간의 전쟁으로 인한 문명의 종말, 그리고 또다시 이어지는 새로운 문명의 탄생…. 이것이 정녕코 우주의 진리란 말인가?'

D가 말한다.

"현대 우주론에 따르면 태초에는 아무것도 없었다고 하지. 우주라는 용어도, 별도, 원자도 없었고. 이때 시간과 공간이 태어났는데 우리는 이것을 대폭발, 혹은 빅뱅이라고 부르지. 그 전에는 무無의 세계, 즉 알 수 없는 세계였고. 1917년 아인슈타인(Albert Einstein)이 발표한 정적 우주론을 효시로 현대우주론이 시작되었고 미국의 천문학자인 허블은 1929년 윌슨산 천문대의 망원경을 이용해 우주가 팽창하고 있음을 최초로 발견했지. 허블의 결론은, 은하들은 방향에 관계없이 우리 은하로부터 2배, 3배, 4배…. 이렇게 후퇴하고 더 먼 거리에 있는 은하는 거리에 정비례해 더 빨리 후퇴한다는 거지. 허블의 발견 이후로부터 가모프(George Gamow)를 중심으로 한 미국 과학자들에 의해 주장된 빅뱅 우주론이 정설로 인정되기 시작되어 현재 지구상의 물리학자들 사이에서 활발한 연구가 이루어지고 있다.

같은 빅뱅 우주론 내에서도 우주의 나이를 놓고 학자들 간에 논쟁이 붙기도 했지만 허블의 이름을 딴 우주망원경이 관측한 가장 최근 관측치는 우주의 나이를 137억년이라고 보는 게 정설이지. 2010년 3월 천체물리학 저널에서는 미국과 독일 과학자들이 허블망원경으로 수집한 자료와 우주배경복사탐사 위성(WMAP) 자료를 종합해 우주의 나이를 137억 5천만 년으로 확인, 발표했었단다."

나는 생각한다.

'137억 5천만 년 전의 빅뱅 이후 끊임없이 팽창하는 우주, 이후 탄생한 우주의 수많은 은하들과 은하를 구성하는 수많은 별들, 거기에서 자연 발생한 수많은 생명체들의 탄생과 문명의 발생, 번영과 멸망으로 이어지는 광경을 나는 이번 여행을 통해 지켜보았다. 끝을 알 수 없는 이토록 광대한 우주에서 나란 인간은 얼마나 하찮은 존재인가? 이 넓은 우주에서 먼지만큼의 크기도 안 되는 지구라는 작은 별에서 태어나 끊임없이 환생을 반복하여 현생에 이른 나란 존재는 과연 어떤 의미를 가지는 것이란 말인가?

내가 미개한 현생인류를 이끌어 과거의 발달했던 초고대 문명을 재건하는 위대한 지도자가 되어야 한다는 D의 말이 번영과 멸망을 반복하는 우주사에서 대체 무슨 의미가 있단 말인가? 최첨단의 기술로 무장한 문명들도 어찌할 수 없는 자연재해나 인간들 스스로 벌이는 전쟁으로 인하여 결국 우리 인간들은 비참한 종말을 맞이할 것을.'

아버지 D는 아무 말이 없다. 마치 지금 하고 있는 내 생각을 읽고 있는 듯하다.

파란 빛깔의 타이게타 A의 알파 행성이 점점 다가온다. 바다다! 알파 행성에도 지구와 똑같은 바다가 존재하는 것이다. 대륙도 보인다. 지구와 달리 하나의 대륙이 긴 띠 모양으로 지구로 치면 적도에 해당하는 부분의 바다를 가로지르며 마치 토성의 고리 모양으로 존재하는 것이다. 띠 모양으로 존대하는 대륙은 마치 죽음의 별 화성처럼 황량하며 그 위에는 아무 것도 보이지 않는다. 이곳에 과연 고도로 발달한 플레이아데스의 문명인들이 살고 있단 말인가?

알파 행성의 대기권으로 진입한 나는 구름을 뚫고 아래로 내려가기 시작한다. 내가 향하는 곳은 대륙이 아닌 모양이다. 나는 바다를 향해 내려가고 있다. 바다 해수면에 도달한 나는 멈추지 않고 내려간다. 해수면을 뚫고 바닷속으로 들어가는 것이다. 바닷속은 매우 투명하다. 지구에서 볼 수 없는 진기한 생명체들-주로 문어나 지구의 대왕 오징어를 닮은 듯한 기이한 푸른빛을 내는 연체동물들이 주를 이루고 가끔 지구의 물고기를 닮은 생명체가 바닷속을 이리저리 헤엄치고 있다.-이 바다를 유영하고 있다. 이들이 이 별의 주인인가?

나도 그들과 함께 유영하고 있다. 하염없이 바다를

유영하던 내 눈에 저 아래로부터 불빛이 보이기 시작한다. 아! 이, 이건 해저도시다. 바닷속을 유영하며 끊임없이 아래로 내려가던 내 눈 아래 공상과학 영화에서 본 듯한 해저도시가 보이기 시작한다.

그, 그런데 어디선가 본 듯한 광경!

아… 이… 이곳은?

거대한 피라미드들. 피라미드 주위를 둘러싸고 있는 수백 층의 초고층 빌딩과 빌딩 숲 사이를 날아다니는 기이한 형태의 탈것들.

아아! 이곳은 D와의 전생 체험 여행에서 마지막으로 갔었던 곳, 지각이동으로 인한 대홍수로 종말을 맞았던 지구의 초고대 문명, 기원전 10500년 전의 이집트의 고대 도시 기자(Giza)를 그대로 재현해 놓은 것 같은 곳이다.

나는 지금 어디에 있는가? 이곳은 과거인가? 미래인가? 아니면 현재인가? 지구로부터 440광년이나 떨어진 머나먼 우주, 플레이아데스 성단의 일곱 자매 행성 중 타이게타 A의 쌍둥이 별 중 하나인 알파 행성의 바닷속 해저에서 나는 과거 10500년 전의 잃어버렸던 지구의 초고대 문명을 보고 있다.

머릿속이 복잡하다. 기나긴 여정 끝에 다시 처음의 제자리로 돌아온 듯한 느낌이다.

지금까지 D와 함께 하며 대화하고, 여행하면서 보고 들은 모든 것들이 뒤죽박죽이 되어 지금 나는 몹시 당황스럽고 혼란스럽다. 이런 내 마음속을 들여다보는 듯 D가 내게 말하기 시작한다.

"아들아, 머릿속이 복잡해 보이는구나. 기원전 10500년 전 지구에 존재했었던 초고대 문명은 플레이아데스인들이 지구에 건설했었던 문명이었단다. 기원전 38만 년, 지구에 유배되었던 144,000명의 거인족인 베가성의 라이라인들이 지배하고 있던 지구에 기원전 22만 5천년, 라이라인들의 또 다른 한 갈래이자 아사엘이 이끄는 플레이아데스인들이 도착했지. 그들은 베가성에서의 지원이 완전히 끊겨 퇴보한 문명을 이어가던 라이라인들을 몰아내고 이후 멸망과 번영을 반복하며 기원전 10500년에 이르게 되었단다."

이렇게 먼 곳까지 날 데려온 아버지 D는 도대체 내게 뭘 보여주고 뭘 알려주고 싶은 것인가?

아, 너무도 혼란스럽다. 차라리 D의 초대에 응하지 말 것을! 이런 믿기 힘든 엄청난 사실을 알려준 아버지 D가 나는 원망스럽다.

"플레이아데스와 지구를 오가는 우주선이 광속을 100배 정도 초과하는 과학 수준에 이른 시점에서 우리가 사는 지구에 고도로 발달된 플레이아데스의 문명이 유입되기 시작했지. 이어서 플레이아데스의 과학자들이 블랙홀과 화이트홀을 연결하는 웜홀(Wormhole)을 발견한 이후부터는 시공을 초월한 물질의 순간 이동이 가능해졌단다. 지금 우리 지구의 과학자들이 이론적으로만 존재한다는 웜홀을 그들은 이미 수십만 년 전에 발견해서 행성간의 공간이동에 적용한 거지."

웜홀! 나는 언젠가 과학 잡지에서 아주 흥미롭게 읽었던 웜홀에 대해 생각한다.

'웜홀(Wormhole). 벌레 구멍. 서로 다른 두 시공간을 잇는 구멍이나 통로, 즉 우주 공간의 지름길, 사과를 관통하는 벌레구멍(Wormhole)으로 반대편까지 더 빨리 갈 수 있다는 비유에서 나온 용어로 세계적인 물리학자 킵 손이 주창했던 이론. 웜홀은 빛까지도 빨아들이는 블랙홀과 그것을 뱉어내는 화이트홀의 연결 통로로 여겨진다 했다. 화이트홀의 존재가 아직 증명되지 못한 바 블랙홀끼리 연결되는 순간이동통로일 것이라는 설이 지금은 우세하다고 한다. 블랙홀은 강한 중력 때문에 좁은 공간이 심하게 구부러져 빛이 빠져나오지

못하는 곳, 에너지를 다 소모해서 쪼그라든 별이 엄청
난 중력으로 주변의 빛까지 빨아들일 때 그 이동 통로
가 곧 웜홀이라 했다. 웜홀은 두 공간을 도화지처럼 구
부렸을 때 가까워진 지점을 파이프로 연결한 것과 같
은 것. 이를 주장한 킵 손 박사는 웜홀의 한쪽 입구를
빠르게 이동시켰다가 다시 돌아오게 하면 시간 지연
현상이 발생하고, 이를 활용하면 시간 여행도 가능하
다고 했다.'

　나와 D의 대화가 이어지는 동안 거대한 해저 도시가
위용을 뽐내며 눈앞에 다가온다.

　나는 지금 수백 층의 초고층 빌딩과 빌딩 숲 사이를
날아다니는 기이한 형태의 탈것들 사이를 헤집고 거대
한 해저 도시의 중심부를 향해 유영하며 나아가고 있
다. 이집트 기자의 피라미드와 똑같은 형태의 피라미
드가 보이기 시작한다. 스핑크스도 보인다. 피라미드
의 벽면의 문이 열리며 잠수정 같기도 하고 우주선 같
기도 한 물체가 수시로 들락날락한다.

　나는 피라미드를 향해 수중 유영을 한다. 어느새 피
라미드의 꼭대기에 도달한 나. 내가 다가가자 피라미
드의 꼭짓점이 열리기 시작한다. 마치 내가 오기를 기
다리기라도 했다는 듯이….

미의 여신 하토르

꼭짓점이 열리는 데도 바닷물이 피라미드 안으로 밀려들어오지 않는다.

'수심 10m인 곳에서는 1kg의 힘을 받게 된다 했다. 이곳의 수심이 해저 1만 미터라면 1제곱 킬로미터당 무려 1만 톤의 수압을 받게 된다. 아마도 피라미드 내부에서 해저 깊은 곳의 엄청난 수압을 밀어내는 무슨 장치가 있는 모양이다. 하긴 이들은 고도로 발달한 과학 문명을 지닌 플레이아데스인들이니까.'

이런 생각을 하며 피라미드 내부로 들어온 내 눈앞에 길고 투명한 원통형의 거미줄처럼 얽혀 있는 피라미드 내부의 회랑이 보인다. 바닥에 내려선 나는 그중 하나의 회랑을 택해서 입구로 들어선다. 이제부터는 걷기 시작한다.

내가 걸어가고 있는 투명한 회랑의 벽 너머로 격납고 같은 장소가 보이고 그곳에 각종 비행기, 잠수정, 우주선 같은 것들이 보인다. 그리고 사람들이 보인다. 우주복 같은 옷을 입은 사람들이 격납고를 분주히 왔다 갔다 하며 무언가를 열심히 하고 있는 중이다.

투명한 회랑을 걷던 내가 이번엔 반대편으로 고개를 돌려본다. 격납고 반대편에 넓은 광장이 보인다. 이곳에서는 군인으로 보이는 사람들이 각종 병기들로 무장한 채 무리지어 어디론가 이동한다. 그런데, 자세히 보니 인간과 모양새가 사뭇 다르다. 사람의 움직임처럼 자연스럽긴 하지만 인간이라기보다는 마치….

아! 이들은 인간이 아니다. 이들은, 휴머노이드다!

머리, 몸통, 팔, 다리 등 인간의 신체와 유사한 형태를 지닌 로봇. 휴머노이드는 인간형 로봇이란 뜻에서 안드로이드(android)라고도 불리는데, 오래전 내가 보았던 SF 영화 블레이드 러너나 터미네이터에 나오는 기계 인간들이 내가 아는 안드로이드의 대표적인 예다. 외모는 물론 동작이나 지능까지도 인간과 다를 바 없어야 하며 현재 인류의 기술로는 아직 먼 미래에나 가능하다는 그 안드로이드가 내 눈앞에 있는 것이다.

아마도 타이게타 A 행성의 해저 1만 미터 도시 중심부에 위치한 피라미드는 이곳 플레이아데스인들의 군사기지인 듯하다. 회랑을 걸어가며 투명한 회랑의 벽 너머 보이는 SF 영화 같은 광경에 넋을 잃고 지켜보던 나는 뭔가 이상한 점을 발견한다.

지금까지 아버지 D와 전생체험을 하고, 우주를 여행하며, 또한 이곳 타이게타의 바닷속을 유영할 때까지는 그저 내 몸이 하늘을 나는 듯 둥둥 떠 있는 듯한 느낌이었고 꿈을 꾸는 듯 비현실적인 느낌이었다. 하지만 피라미드의 내부로 진입해서 회랑을 걷고 있는 지금은 현실 속의 나로 돌아온 듯한 느낌이라고나 할까? 아주 오랫동안 잠을 자다가 긴 꿈에서 막 깨어난 느낌이다. 그래서인지 나는 지금 타이게타 행성의 중력을 느끼며 내 몸의 무게와 내 발이 땅에 닿는 느낌을 생생히 느낄 수 있다.

그리고 또 하나 달라진 건 아버지 D.

지금껏 지구로부터 이곳 타이게타까지의 440광년이라는 먼 거리를 여행하며, 또한 타이게타의 바닷속을 유영하며 플레이아데스인들의 역사와 고도로 발달했던 그들의 문명과 과학에 대해 내게 이야기하던 아버지 D의 음성이 더 이상 내 귀에 들리지 않는 것이다.

'아버지… 어디에 계신가요? 왜 아무런 말씀이 없으신가요.'

지금까지의 여행에서 내 곁에서 이 세상 아니 이 우주 전체의 모든 일들을 얘기해 주며 내게 놀라운 가르침을 주던 D의 부재를 확인한 지금, 나는 두려워지기 시작한다. 이제부터는 혼자라는 두려운 마음을 극복하고 나는 회랑의 끝을 향해 앞으로 나아간다. 회랑의 끝은 피라미드 내부의 또 다른 건물의 입구로 향한다. 회랑의 끝에 도달한 나는 또 다른 건물로 통하는 문 앞에 선다. 그러자 내가 문 앞에 서 있는 걸 알기라도 하듯이 스르르 문이 열린다.

문이 열리자 건물 입구에 누군가가 서 있다. 이번에는 사람이 서 있다. 심지어 여자다.

그녀는 금발의 아름다운 여자다. 나를 보고 빙긋 미소 짓는 이 여인은 나를 알아보는 것일까? 여인이 내가 알아들을 수 있도록 똑똑하게 말한다. 그것도 한국어로….

"환영합니다. 백 선생님, 저희 타이게타 행성으로의 방문을…."

상상을 초월하는 거대한 피라미드 내부의 또 다른 건물 입구의 문이 열리고 그 안에서 미소로 나를 맞이하는 금발의 아름다운 여인. 그런데 이 여인, 낯이 익다. 지금 내가 살고 있는 현생의 지구에서 어디선가 분명히 한 번은 본 듯하다. 어디서 보았을까?

아무튼 지금의 이 상황이 꿈인지 현실인지 분간이 안 가는 나는 그저 어안이 벙벙할 따름이다.

"지구로부터 440광년이나 떨어진 이곳 타이게타 행성의 심장부로의 입성을 환영합니다. 그동안 당신의 아버지라 자처하는 D와의 여행에서 많은 걸 보고 느끼셨으리라 생각합니다. 지금부터는 제가 선생님과 함께 동행할 겁니다. 우선 제 소개를 드리죠. 저는 하토르(Hathor)라 합니다. 거기 우두커니 서 계시지 말고 안으로 들어오시죠."

나는 마치 최면에라도 걸린 듯 나도 모르게 건물 내부로 들어선다.

어디선가 분명히 한 번은 본 듯 낯이 익은 금발의 아름다운 여인 하토르를 따라 들어선 피라미드 내부에서 정체 모를 또 다른 건물에 들어선 나, 여긴 도대체 어떤 용도로 지어진 건물인가?

신기하게도 어디선가 모차르트의 피아노 협주곡 21

번의 선율이 잔잔히 흐르는 건물 내부의 벽면 곳곳을 고대 이집트의 신들과 내가 아는 지구상의 모든 명화들이 장식하고 있다. 거대한 갤러리를 연상하게 하는 이곳은 외부의 귀한 손님을 맞이하는 이곳 타이게타 행성의 영빈관인가? 마치 스타트랙에서나 등장할 법한 은빛의 빛나는 옷을 입은 하토르라는 여인을 따라 가며 나는 건물 내부 초입의 벽면을 장식하고 있는 고대 이집트 신화 속 신들의 그림을 감상한다.

건물 벽면을 장식하고 있던 고대 이집트 신화에 등장하는 신들의 그림을 보면서 내가 알던 이집트 신화를 떠올리던 나는 최초의 신인 누[13]와 태양신 라[14]를 거쳐 태양 신의 네 딸 중 하나인 사랑과 미의 여신 하토르까지 연상하는 대목에 이르자 흠칫 놀라게 된다.

'그렇다면 내 눈앞에 있는 금발의 여인이 바로 이집트 태양신 라의 4명의 딸 중 하나인 사랑과 미의 여신 하토르?'

"호호호호… 마음껏 상상하세요. 상상은 그 누구도 막을 수 없는 백 선생님만의 것이니까요. 호호호"

갤러리 내부 벽면에 걸린 고대 이집트 신들의 그림을 보다 내 눈앞의 여인이 고대 이집트 신화에 나오는 하토르라는 미의 여신과 이름이 같다는 걸 깨닫게 된 나.

내 눈앞의 여인과 고대 이집트인들이 숭배하던 사랑과 미의 여신 하토르가 동일 인물일지 모른다고 생각하던 내게 다가와 웃으며 얘기하는 그녀.

"그림 감상은 이제 그만 하시고 어서 가시지요. 제 아버지께서 백 선생님을 몹시도 기다리고 계신답니다."

재촉하는 그녀를 따라 가면서 나는 갤러리 내부에 전시된 그림들을 스치듯 지나치며 본다.

미켈란젤로, 레오나르도 다빈치, 뭉크, 마네, 모네, 드가, 고흐, 고갱, 피카소, 게다가 우리 병원에 전시되어 있는 쿠사마 야요이의 호박 그림까지! 지구상의 모든 명화들이 전시된 듯한 이곳 갤러리를 통과하며 나는 여인의 뒤를 쫓아간다.

끊임없이 이어지는 낯선 사람들과 낯선 풍경들, 나는 대체 누구를 만나러 가는 건지. 이곳에 모차르트의 음악은 왜 흐르고 있는지, 내가 아는 지구의 명화들이 왜 이곳 타이게타 행성의 수중도시에 걸려 있는 건지, 지구로부터 440광년이나 떨어진 이곳 타이게타 행성의 수중 도시에서 날 몹시도 기다리는 사람은 또한 과연 누구인지? 나의 궁금증은 끊이질 않고 이어진다.

'나는 두 친구와 길을 걸었다. 태양이 지고 있으며,

나는 멜랑콜리의 기미를 느꼈다. 갑자기 하늘은 피 같은 레드로 변했다. 나는 멈추어, 길 난간에 기대었고 죽은 자처럼 피곤했다. 나는 블루 블랙의 피오르드와 도시를 넘어 피처럼 불타는 구름을 보았다. 친구들은 계속 걷고 있었고 나는 거기서 전율을 느끼며 서 있었다. 나는 자연을 꿰뚫은 큰 목소리의 절규를 느꼈다.'

뒤를 따라가던 내가 뭉크의 그림 앞에 멈춰 서서 그가 이 그림을 그리기 직전에 홀로 읊조렸다는 유명한 독백을 생각하며 움직이지 않자 앞서가던 하토르가 뒤돌아서서 다가온다.

"지구에서 뭉크의 절규라 불리는 그림이군요. 노르웨이의 표현주의 화가 뭉크의 1893년 작품이라며 오슬로 뭉크미술관에 소장되어 있다는…."

난 그녀의 말에 맞장구친다.

"아마도 지구상에서 가장 널리 알려진 그림일 거예요."

유령 같은 모습의 남성이 전율하며 양손을 얼굴에 대고 있는 뭉크의 절규…. 그림 속 그의 해골 같은 얼굴에서 공포에 찬 절규가, 찢어지는 듯한 비명이 흘러나오는 듯하다.

뭉크의 그림에 빠져 가던 걸음을 멈추고 넋을 잃은 채 바라보던 내게 하토르가 말한다.

"이건 뭉크가 그린 그림이 아니에요. 지금으로부터 20만 년 전의 우리 플레이아데스인이 그린 그림이죠."

"그게… 무슨 말이죠?"

놀라서 묻는 내게 정색을 하고 대답하는 하토르.

"지금 여기에 전시된 모든 그림들은 플레이아데스인 들의 작품이죠. 지구의 인간들이 그린 그림이 아닌. 갤 러리에 울려 퍼지는 모차르트의 피아노 협주곡 역시 과거 수십만 년 전 플레이아데스의 위대한 음악가였던 보아의 작품이기도 하구요."

"어떻게 그런 일이…."

믿지 못하는 내게 아름다운 얼굴에 미소 지으며 하토 르가 말한다.

"아버지 D께서 말씀하시던 태고의 기억… 벌써 잊으 셨나요? 지구상의 현자들의 꿈에 나타나 인류의 발전 에 엄청난 기여를 했던 영감들…."

하토르의 말을 듣고 난 깨닫게 된다. 예술이라는 이 름으로 지구상에 존재하는 모든 아름다운 것들은 결국 태고의 기억에서 영감을 얻은 지상의 예술가들이 그 영감을 음악으로, 미술로, 그 밖의 모든 아름다운 예술들로 표현한 것이라는 것을.

"이야기가 길어질 듯하니 그 얘긴 나중에 하기로 하고 일단 저랑 함께 가시죠. 시간이 없어요."

어느덧 갤러리에 흐르던 모차르트의 피아노 협주곡이 베토벤의 교향곡 합창으로 바뀐다. 나는 그 음악이 베토벤이 아닌 또다른 플레이아데스의 위대한 음악가의 음악이겠거니 하고 생각하면서 하토르의 뒤를 따라 걸어간다. 그러면서 난 이 여인을 어디에서 보았는지 기억해 낸다.

'셈야제. 이 여인은 1950년대 지구를 방문했었던 플레이아데스인이다. 당시 그녀는 스위스 농부 빌리 마이어에게 인류의 기원에 대한 놀라운 가르침을 주었었다. 지금도 그녀의 이야기가 인터넷상에서 또 책으로 떠돌고 있다. 그 셈야제가 내 눈앞의 여인 하토르였단 말인가? 만일 하토르가 셈야제라면 수십 년이 지난 지금은 할머니가 되어있어야 하는데 저 여인은 과거의 모습과 전혀 변함이 없지 않은가?

하토르가 과거 지구를 방문했었던 외계인 셈야제일 거라 생각하면서 오히려 내 머릿속에는 의문만이 가득차게 된다.

"당신은… 셈야제였어요."

내 외침에 앞서가던 하토르가 뒤돌아서서 빙긋 미소 짓는다. 그리고는 아무 말도 하지 않은 채 다시 앞장서서 걸어간다.

그녀의 뒤를 따라 갤러리를 통과한 나는 길고도 긴 복도를 거쳐 또 다른 문 앞에 다다르게 된다.

하토르와 함께 문 앞에 서자, 문이 열린다.

그리고 내 눈앞에 믿지 못할 광경이 펼쳐진다.

태양의 신 라

눈앞에 나타난 사람들.

D다. 내 눈앞에 아버지 D가 앉아 있다. 그리고 내가 더욱 놀라운 건 D의 옆에 서 있는 한 남자 때문이다. 그는 바로 나다. 이건 말도 안 된다. 어떻게 이런 일이…. 지구로부터 수백 광년이나 떨어진 이곳 타이게타 행성 A의 수중 도시의 피라미드 중심부에 미스터 D와 함께 또 다른 내가 존재하는 것이다. 순간 나는 일전에 내셔널 지오그래픽에서 제작되어 방송되었던 다중 우주론에 대한 다큐멘터리 프로그램을 떠올린다.

'평행우주이론…. 다중 우주론…. 빅뱅 이후 탄생한 수없이 많은 우주 속에 존재하는 또 다른 나. 그리고

도플갱어….'

20세기를 살다간 위대한 물리학자 알베르트 아인슈타인은 빛은 오로지 파동이면서 동시에 작은 알갱이기도 하다 했다. 우리는 이 알갱이를 양자라고 부르기 시작했고 이를 토대로 아인슈타인은 양자역학의 기반을 마련했고 이 과학적 혁명이 곧 평행우주이론으로 이어지게 되었다.

이 새로운 이론 덕에 우리 주위의 물리적인 세계를 아원자적 차원에서부터 완전히 새로운 방식으로 설명할 수 있게 되었다. 다시 말해 빛이 파동인 동시에 입자일 수 있는 것처럼 반대로 물질을 이루는 입자들이 동시에 파동일 수도 있어 그들은 한 번에 여러 가지 다른 일을 할 수 있고 갑자기 나타났다가 갑자기 사라질 수도 있다는 것인데, 물질이 어떻게 동시에 한 곳 이상의 위치에 있을 수 있는지에 대한 이 기묘한 결론은 양자 논리가 이끌어 낸 것이었다. 우리의 우주를 이루는 모든 물질은 입자로 구성되지만 파동은 고정된 위치를 갖지 않으므로 모든 입자가 파동이기도 하다면 한 입자는 동시에 두 장소에도 있을 수 있는 거라고, 그래서 지구 밖의 또 다른 행성에서 또 다른 내가 존재하며 또 다른 인생을 살수 있다고 했다.

빅뱅 이론에 대해 오랫동안 연구를 하며 1980년에 급팽창 이론을 제창했던 미국의 이론 물리학자 앨런 구스는 "빅뱅이 일어난 직후 아주 짧은 순간 동안에 최초의 우주가 엄청나게 빠른 속도로 팽창했다"고 말했다. 마치 거품처럼! 이 짧은 팽창의 순간에 우리가 사는 우주의 기초가 형성되었고 이때 팽창한 거품이 지금 우리를 둘러싼 우주를 형성했다고 했다.

앨런은 "우리가 보는 것은 진짜 우주의 아주 작은 부분에 불과할 가능성이 있으며 우리의 우주가 정말 무한히 크다면 한 가지 이상한 논리가 성립된다"고 했다. 무한한 크기의 우주에서 원자와 분자의 한정적인 배열은 어쩔 수 없이 반복되면서 우리와 비슷한 이들을 만들어 내고 결국에는 똑같은 존재도 만들어낼 수 있다는 거라고…. 모든 경우의 수가 바닥나면 똑같은 가능성이 반복되는 것, 우주가 무한히 넓다면 어딘가에는 지구와 똑같이 원자가 배열되어 만들어진 행성이 있고 우리가 보는 모든 것이 복제되어 있을 수도 있다고…. 이를 평행우주이론 혹은 다중 우주론이라고 했다.

TV에서 보았던 다큐멘터리 프로그램과 더불어 과거 내가 어디선가 읽었던 평행우주에 관한 이론들이 머릿속을 혼잡스럽게 스치고 지나간다.

"무얼 그리 골똘하게 생각하세요? 안으로 들어가서서 저와 당신의 아버지 D와 백 선생님이 보고도 믿지 못하는 또 하나의 당신을 만나 보셔야지요."

내가 알던 평행우주이론에 대해 골똘히 생각하던 나는 안으로 들어서길 재촉하는 하토르의 목소리에 퍼뜩 정신을 차리고 열린 문 내부로 들어선다.

그리고 마치 영화의 한 장면처럼 내 아버지 D와 D 옆에 서 있는 또 다른 나와 정면으로 마주한다.

아아….

참으로 기이한 광경이다.

지구로부터 440광년이나 떨어진 이곳 타이게타 행성의 수중도시에서 나의 아버지라 자처하는 D와 D의 옆에 서 있는 나의 분신과 마주한 나.

나는 평행우주이론이니 다중 우주론 등을 떠올리며 작금의 이 상황을 어떻게든 합리화해 보려 했지만 그래도 이해하기 힘든 게 사실이다. 지구로부터 이곳까지 여행하며 지금까지 이해하고 그나마 내가 수용한 것들조차 내 머릿속에서 뒤죽박죽 엉망진창이 되어버렸다.

D와 D 옆의 또 다른 나. 그리고 그 둘을 병풍처럼 둘러싸고 있는 사람들, 얼핏 봐도 이곳은 아주 중요한 장

소 같다. 분위기를 봐서 아마도 D는 이곳 타이게타 행성의 최고 지도자인 듯하다. 그렇다면 그 옆의 또 다른 나는 그의 아들인가? 아니면 금발의 여인 하토르의 오빠?

내가 처음 이곳 회의실로 들어올 때부터 나를 뚫어지게 주시하던 D와 그 옆에서 적의에 찬 시선으로 날 응시하는 나를 쏙 빼닮은 그의 아들. 그는 내가 마음에 들지 않는 듯한 표정이다. 내가 그로부터 적의를 느끼고 움찔하는 순간 D가 말한다.

"지구인들이 타이게타라 이름 지은 이곳까지 오느라 고생 많았구나. 아들아…. 난 네가 아는 D이자 너의 현생으로부터 600년 전의 너의 아버지 블라드 드라큘이자 이곳 타이게타 행성을 통치하고 있는 플레이아데스 성단의 위대한 지도자이자 고대 이집트인들이 숭배했던 태양신 라(Ra)이다. 내 옆의 널 쏙 빼닮은 이 사람은 나의 아들이자 하토르의 남편이지. 이름은 호루스…."

아, D, 저 사람이 이집트 신화에 등장하는 태양신 라(Ra). 결국 이집트 신화는 그저 신화가 아닌 실제 이야기였단 말인가? 처음부터 적의에 찬 시선으로 날 쳐다보고 있는 날 쏙 빼닮은 존재는 호루스라고? 이상하다. 내가 아는 호루스는 죽음과 부활의 신 오시리스(Osiris)

와 그의 아내이자 최고의 여성신인 이시스(Isis)의 아들인데 지금은 태양신 라의 아들이라니? 뭔가 앞뒤가 맞지 않는다. 원래 저들의 계보라면 호루스는 태양신 라의 손자뻘인데, 게다가 하토르의 오빠이자 남편이라면 이들은 남매간의 근친혼이란 얘기. 차가운 시선으로 날 응시하던 호루스가 내게 뭔가 말하려 하자 이를 제지하는 D, 아니 태양신 라(Ra)가 말한다.

"지금 너의 머릿속은 모든 게 혼란스럽고 뒤죽박죽인 상태가 되어 있을 테지. 지금까지 네가 살던 지구의 카페 chaos에서의 나와의 만남 이후 지금까지 네게 일어난 모든 일들, 그리고 지금껏 네 곁에서 너와 함께 하던 내가 왜 여기 이 자리에 앉아 있는지도 궁금할 것이고."

"당신은 600년 전 전생의 제 아버지 블라드 드라큘이 아니신가요? 제가 600년 전 블라드 드라큘라의 삶을 살 때 저의 아버지이자 영웅이셨던. 이해가 되지 않습니다. 지금까지 저와 함께 하며 제게 놀라운 깨우침을 주신 당신께서 갑자기 이곳의 통치자가 되어 저와 마주하고 있는 이 상황이 전 도무지…."

"지금까지 네가 현생의 지구에서 살면서 네가 보고 듣고 알고 있던 것들, 이 모든 것들은 다 잊어라. 눈에 보이는 것만이 진실은 아니지…. 몸으로 느껴라. 아들아! 마음으로 받아들여라. 이 상황을…. 그리고 깨우쳐라! 진실을!"

라(Ra)의 이야기가 이어진다.

"기원전 22만 5천년, 우리들의 선조들은 거문고자리의 라이라 행성에서의 전쟁의 참화를 피해 이곳 플레이아데스 성단에 정착했다. 그리고 고도로 발달된 과학 문명을 토대로 지구와 화성, 말로나를 식민지로 삼아 그곳의 원주민인 당시의 미개했던 지구인, 화성인, 말로나인들을 교화시키려 했었다. 하지만 미개했던 현지인들은 우리들의 과학 기술을 습득하게 되자 오히려 우리 플레이아데스인들에게 반기를 들었다. 이에 실망한 선조들은 그들을 버려둔 채 떠나게 되었지. 이후 지구, 화성, 말로나의 현지인들은 권력욕에 사로잡혀 서로를 지배하고자 참혹한 전쟁을 벌였고 결국 비참한 종말을 맞이하게 되었다."

이때 라(Ra)의 옆에서 씩씩거리며 나를 노려보던 그의 아들 호루스가 주위 사람들의 제지를 뿌리치고 내게 다가온다. 이마가 마주칠 정도로 나와 가까워진 그가 다짜고짜 나의 멱살을 잡는다.

"넌, 내가 아니지, 나의 껍데기로 포장된 미개한 지

구인이지. 나 호루스야말로 지구를 구원할 위대한 지도자이다. 내 눈앞에서 꺼져 버려라! 이 미개하고 냄새나는 지구인….″

내게 다가와 다짜고짜 멱살을 잡고 나와 얼굴을 마주한 채 낮은 목소리로 경고를 하는 호루스. 그는 눈앞에 있는 자신과 똑 닮은 내가 마음에 들지 않는 것이다. 나는 생각한다.

'날 똑 닮은 이자, 호루스…. 이자는 나의 외모만을 닮았지, 그 내면은 나와 많이 다른 듯하다. 흡사 마음속에 무쇠도 녹이는 뜨거운 용광로를 품은 듯 불타는 야망을 가진 자인 것 같다.'

이때 태양신 라(Ra)가 말한다.

"이게 무슨 짓이냐? 호루스! 너의 분신인 너 자신조차 받아들이지 못하는 자가 현생의 73억 지구인들의 지도자가 될 자격이 있다고 생각하느냐? 당장 그 손 놓지 못할까?"

씩씩거리던 호루스가 태양신 라의 말에 멱살을 잡았던 손을 내려두고 한참 동안 나를 노려보다 결국 태양신 라의 곁, 자신의 자리로 돌아간다.

호루스 때문에 어색해진 분위기 탓일까? 이곳에 잠시 침묵이 흐른다. 잠시 동안의 침묵을 깨고 태양신 라

(Ra)가 말한다.

"아들아, 처음 동성로의 카페 chaos에서 널 만나 지금껏 너와 함께 이곳까지 여행을 하며 내가 했던 이야기들, 모두 기억하느냐? 카페 chaos에서의 나와 만나나눈 수많은 대화들, 세 번의 전생 체험에서 만났던 너의 전생에서의 분신들, 애틀란틱 시티, 보드워크에서갱으로서의 너의 직전 전생에서의 삶과 품에 안은 아기를 구하기 위해 산채로 불곰에게 머리를 씹어 먹힌알래스카의 새라로 살았던 너, 600년 전의 너 블라드드라큘라와의 대면에서 했던 대화들, 기원전 100년 멕시코의 테오티우아칸에서의 인신공회 의식을 목격하고 기원전 10500년으로 날아가 지각 이동의 여파로 발생한 대홍수로 몰락한 이집트의 초고대 문명을 목격한일, 거기서 다시 440광년의 우주를 날아와 이곳 플레이아데스 성단의 타이게타 행성까지의 기나긴 여정을 거친 네가 여기서 나 블라드 드라큘과 더불어 너와 똑 닮은 너의 분신을 마주하는 이 상황이 쉽게 이해되리라고는 나 역시도 생각하지 않는다."

D, 아니 태양신 라의 이야기가 이어진다.

"이야기를 어디서부터 풀어야 할지…. 1971년 포항의 밤바다에서 6살 꼬맹이 승희를 데려가 현생인류의 위대한 지도자로 만들려던 D가 승희의 아버지와 대면 후 그 계획을 포기하고 네덜란드의 암스테르담으로 돌아갔던 바로 그해, D는 지금의 너처럼 누군가의 방문을 받게 되었다. 그는 바로 플레이아데스에서 온 외계인이자 D를 쏙 빼닮은 또 다른 D. 그는 바로 타이게타 행성의 위대한 통치자이자 호루스와 하토르의 아버지인 나, 태양신 라였다. 블라드 드라큘의 삶 이후 600년 동안 12번의 환생을 거듭하며 전생의 기억의 괴로움으로부터 벗어나고자 명상에 빠졌던 D 역시도 그 상황을 믿지 않았다. 그러다 나와의 대화와 지금껏 너와 내가 했던 것과 똑같은 전생체험과 이곳 타이게타로의 여행을 거치며 D는 기원전 2천 2백만 년 전 거문고자리의 베가성에서 발원한 라이라인들로 시작된 우리 플레이아데스인들의 기원을 알게 되었다. 그 후 그는 이곳 타이게타 행성의 지금 이 시점까지의 역사에 대해 알게 되었지. 그리고 당시 1971년의 암스테르담에 살던 D가 바로 이곳 타이게타에서 2100년을 살며 이곳을 통치하는 위대한 지도자인 태양신 라(Ra)였다는 사실도⋯."

"그렇다면 1971년의 현생을 살던 블라드 드라큘과 이곳 타이게타 행성의 위대한 지도자이며 태양신인 라(Ra)는 똑같은 사람이었다는 얘긴데 내 앞에 계시는 아버지께서 태양신 라(Ra)라면 현생의 지구에 살던 블라드 드라큘, 즉 D는 지금 대체 어디 있단 말입니까?"

머릿속이 뒤죽박죽되어 모든 게 혼란스러운 내가 태양신 라(Ra)에게 묻는다.

"눈에 보이는 것만이 진실이 아니다 말했다. 몸으로 느끼고 마음으로 받아들이라 말했다. 내 아들아…"

태양신 라의 말이 이어진다.

"나, 태양신 라와 현생의 지구상에 실존하던 블라드 드라큘은 똑같은 사람이자 다른 사람. 나는 그이기도 하지만 그는 내가 아니다. 지구상에 살면서 카페 chaos에서 네게 놀라운 가르침을 준 블라드 드라큘, 그는 지금 여기 있지 않다. 그는 지금 지구에 있다. 네가 D라고 믿던 그와 함께 전생 체험 여행을 하고 지구로부터 440광년이나 걸린 이곳 타이게타로의 여행을 하던 순간에도 그는 대구의 카페에 있었다. 그리고 지금 이 순간에도 그는 거기에 있단 말이지."

마지막 퍼즐 한 조각

'라' 가 말한다.

"블라드 드라큘과 나, 엄밀히 말하면 그와 나는 똑같은 사람이면서 다른 곳에 사는 또 다른 나이지. 블라드 드라큘이 600년 동안 열두 번의 환생을 하며 살았다 하지만 실은 그는 지구라는 별에서 2100년 전부터 마흔일곱 번의 환생을 하며 살아왔던 것, 단지 전생의 기억의 시작이 블라드 드라큘이었기 때문에 D는 자신이 블라드 드라큘이라 생각하고 있었던 거지."

놀라운 이야기다. 블라드 드라큘이 지구에서 2100년 동안 마흔일곱 번의 환생을 거듭하며 살았고, 단지 자신의 전생의 첫 기억이 블라드 드라큘에서 시작되었기에 스스로를 블라드 드라큘이라 생각한다는 태양신 '라'의 이야기에 나는 그저 놀랄 수밖에.

"아들아, 네가 대구의 카페 chaos에서 블라드 드라큘과의 대화를 마치고 그의 손을 잡고 눈을 감던 그 순간, 지구의 과학자들이 웜홀이라 이름 붙인 시공간 통로를 이용한 너의 시간 여행이 시작되었다. 바로 그 순간부터 너와 함께 여행하며 이곳 타이게타까지 너를 이끌어 준 사람은 D가 아닌 이곳 타이게타 행성의 최고 지도자인 태양신 라이자 또 다른 너의 아버지인 나였다."

난 그의 말을 믿을 수가 없다. 지구에서 블라드 드라큘의 손을 잡고 명상에 잠기는 순간부터 시간과 공간을 초월한 이곳으로의 여행이 시작되었는데 그때부터 나와 함께 하며 여행을 안내해 주던 사람이 블라드 드라큘이 아닌 태양신 라였다니! 블라드 드라큘은 내 여행의 처음부터 나와 함께 하지 않았다니! 여행 내내 영화의 내레이션처럼 들리던 D의 음성은 결국 이곳 타이게타의 최고 지도자인 태양신 라의 음성이었단 말인가?

"라이라 행성에서 발원된 우리 플레이아데스인들의 선조들, 영적 능력을 최고도로 계발하여 이 능력의 정점에 이르러 '지혜의 왕'으로 불리며 자연계에 존재하는 모든 것들을 자유자재로 조절하고 다스리는 힘을 지녔던 그들, 지금은 현생 지구의 기독교인들이 '여호와'라 칭하며 그들로부터 절대자로서의 존경과 섬김을 받고 있지만 사실 그들은 우리 플레이아데스인들의 선조이자 이시비시(ISHWISH)라 불리는 라이라 행성의 외계인이었다. 하지만 그들은 무자비했지. 인민들을 사랑하지 않았다. 그리하여 결국 그들의 폭정을 견디다 못한 인민들의 반발로 인한 엄청난 전쟁 이후 종말을 맞이하게 되었고 그 후 영지의 왕이라 불리던 그들의 모든 능력은 사라지게 되었던 것이다."

지혜의 왕이자 영지의 왕 이시비시, 라이라 행성에서 발원했던 플레이아데스인들의 선조, 그리고 자연계에 존재하는 모든 것들을 자유자재로 조절하고 다스리는 힘을 지닌 존재들. 그럼 내 앞에 서 있는 이들은 그 옛날 그들의 선조가 지녔던 초능력들을 다시 사용할 수 있게 되었단 말인가? 웜홀을 발견하고 이를 통한 시공간의 이동을 자유자재로 구사하며 자연계의 모든 것들을 마음대로 조절할 수 있는 능력이라면 나의 언어로 말하는 것쯤이야 이들에겐 아무 일도 아닐 터, 내 생각이 여기까지에 이르니 눈앞에 마주하고 있는 태양신

'라' 의 말이 어느 정도는 이해가 되기 시작한다.

잠시 침묵하던 태양신 '라' 의 말이 이어진다.

"아들아, 웜홀을 통한 시간 여행에서 네가 보았던 기원전 100년, 멕시코의 테오티우아칸에서의 인신공희 의식을 기억하느냐? 살아있는 사람을 신의 제물로 바치던. 그 의식에서 심장을 뜯기고 무참히 희생되었던 가련한 남자를. 그 남자가 바로 블라드 드라큘의 첫 번째 인생이었다. 블라드 드라큘의 환생의 시작이 바로 그자였던 것이란 말이지. 그래서 내가 널 그곳으로 데려갔던 것이었고."

산채로 심장을 뜯기고 비참한 죽음을 맞이했던 그가 지구상의 내 아버지 블라드 드라큘의 첫 번째 환생의 시작이었다? 지금껏 이곳까지 여행하면서 보고 듣고 깨우친 놀라운 것들로 내가 그리던 거대한 그림, 그 그림의 마지막 퍼즐 한 조각으로 완성한 거대한 그림 전체가 또다시 조그만 퍼즐 한 조각이 되어버려 더욱더 거대한 그림의 퍼즐을 처음부터 다시 맞추기 시작하는 느낌이 드는 나.

"평행우주이론. 빅뱅 이후 태어난 수없이 많은 우주 속에 존재하는 또 다른 나…. 빛이 파동인 동시에 입자인 것처럼 반대로 물질을 이루는 입자들은 동시에 파동일 수도 있는 것, 우주를 이루는 모든 물질은 입자로 구성되지만 파동은 고정된 위치를 갖지 않으므로 모든 입자가 파동이기도 한다면 한 입자는 동시에 두 장소에도 있을 수 있는 법이지. 무한한 크기의 우주에서 원자와 분자의 한정적인 배열이 반복되면 우리와 비슷한 이들이 만들어진다면 결국에는 똑같은 존재도 만들어낼 수 있겠지? 모든 경우의 수가 바닥나면 똑같은 가능성이 반복되는 것, 우주가 무한히 넓다면 어딘가에서는 네가 사는 지구와 똑같은 원자가 배열되어 만들어진 행성이 있을 수도 있고 네가 보는 모든 것이 복제되어 있을 수도 있다는 것, 그래서 또 다른 행성에서 또 다른 내가 존재하며 또 다른 인생을 살 수 있는 것이다. 그게 바로 네가 사는 지구의 과학자들이 주장한 평행우주이론이다. 지금의 이 상황이 바로 그 이론이 실재한다는 증거이기도 하고."

타이게타 행성을 방문하면서 D를 닮은 태양신 '라'와 나의 분신인 '호루스'를 처음 대면하면서 내가 생각했던 평행우주이론에 대해 앵무새처럼 똑같이 이야기하는 태양신 '라'. 그렇다면 지금의 혼란스러운 이 상황이 결국 평행우주이론의 산물이란 말인가? 그저 지구의 과학자들 사이에서 이론적으로만 존재하는 줄

알았던 평행우주이론을 태양신 '라'의 입을 통해 직접 들은 나는 그저 어안이 벙벙할 따름이다.

"평행우주 속에서도 상위개념이 있지. 똑같이 복제된 인간이든 행성이든 조금이라도 먼저 탄생한 입자가 후에 발생한 입자를 지배할 수 있다. 즉, 이곳 타이게타 행성에 존재하는 나 태양신 '라'는 D가 될 수 있지만 지구상에 존재하는 D는 내가 될 수가 없다. 여기 내 옆에 있는 '호루스'는 지구상의 백 선생이 될 수 있지만 지구에서 온 백 선생 너는 타이게타의 '호루스'가 될 수 없다는 뜻이기도 하다."

무슨 말인지 알 듯 말 듯 하다. 태양신 '라'는 D가 될 수 있지만 D는 태양신 '라'가 될 수 없다? 그 아들 '호루스'는 내가 될 수 있지만 나는 '호루스'가 될 수 없다? 그럼 타이게타 행성의 '라'의 부자가 지구상의 우리 부자보다 먼저 탄생한 평행우주 속의 상위개념이란 말인가? 이들 부자가 우리 부자의 상위개념이며 우리 부자를 속속들이 알고 지배할 수 있단 말인가? 그래서 D는 나와 함께 이곳으로의 여행을 하지 못하고 자신의 상위개념인 태양신 '라'에게 나를 맡겼던 것인가? '호루스'가 내게 보이는 적대적인 태도도 결국 자신이 상위개념이므로 하위개념인 나를 하찮게 생각했기에 그

랬던 것이고? 태양신 라의 이야기를 들으면서 지금의 이 낯선 상황이 조금씩 이해가 된다.

"나는 이 자리에서 지구에 사는 D의 모든 것을 알 수 있다. 그가 지금 무슨 생각을 하며 무엇을 하고 있는지 나는 알 수 있다. 내 옆의 '호루스' 역시 너의 모든 것들을 알 수 있지. 하지만 너는 '호루스'에 대해 전혀 알지 못한다. 그게 바로 우리 부자가 너희 부자의 상위개념이란 결정적인 증거란 말이지. 우리 부자는 2100년째 죽지 않고 이렇게 젊음을 유지하며 살고 있다. 반면 너희 부자는 2100년 동안 수십 번의 환생을 하며 삶과 죽음을 반복하고 있고….

하지만! 지구에서는 너희 부자가 우리 부자와 최소한 동등한 개념이 될 수는 있다. 자신의 행성에 사는 사람만이 그 행성에서는 주인이기 때문이다. 우리 부자는 네가 사는 지구에서 주인이 될 수는 없다. 그저 조력자 역할만을 할 수 있을 뿐이지. 내 아들 '호루스'는 자신이 지구를 이끌어 갈 위대한 지도자라 생각하여 너를 적대시하고 있지만 지구인이 아닌 '호루스'가 지구를 이끌 수는 없다. 결국 지구에서 온 너의 조력자 역할만을 할 수 있을 뿐 자신의 야망만으로는 지구의 주인이 될 수 없다는 이야기지. 그러므로 지금 내가 하는 말은

이곳 타이게타에서의 내 아들 '호루스'도 명심하여야
한다."

이야기 도중에 고개를 돌려 '호루스'에게 말하는 태
양신 '라'. 옆에서 라의 이야기를 잠자코 듣던 '호루
스'는 고개를 푹 숙인 채 아무 말이 없다. 어쩔 수 없이
라의 이야기를 인정하는 듯한 모습이다.

"지혜의 왕이자 영지의 왕 '이시비시', 지금 지구상
의 너희들이 신으로 모시는 우리 플레이아데스인들의
선조들이 지녔던 초능력을 타이게타에 사는 우리들은
다시 사용할 수 있게 되었다. 하지만 지구에서 온 너는
우리들의 능력을 사용할 수 없다. 단지, 순수한 너의 힘
만으로 스스로 깨우쳐 사용할 수 있어야 한다."

화제를 바꾸어 태양신 '라'가 말한다.

"올멕 문명, 스톤 헨지, 이스터 섬의 거대한 돌 모자
를 쓴 거석들, 캄보디아의 앙코르와트 문명, 나스카 평
원의 기이한 지상화들, 이집트 기자의 대피라미드….
이 모든 것들은 베일에 가려진 고대 지구의 선지자들
의 산물이지. 기원전 10500년의 초고대 문명, 지구상에
존재하던 우리 플레이아데스의 선조들이 지구상에 건
설했던 도시들과 고도로 진보했던 문명들이 급작스런
지각이동으로 인한 대홍수, 즉 당시의 최첨단 문명으

로도 어찌할 수 없는 대자연의 힘으로 어이없이 몰락한 이후 우리 플레이아데스인들은 지구를 버렸다. 대홍수 후 지구에서 살아남았던 몇몇 우리의 선조들은 고대 지구인들로부터 케찰코아틀 혹은 바라코차라 불리우며 지구 곳곳에서 미개한 지구인들을 가르치고 교화시켰다. 그 결과 현재의 발달된 지구 문명에 이르게 된 것이다."

'깃털 달린 뱀, 케찰코아틀, 바라코차, 턱수염이 길게 자란 잘생긴 얼굴에 안색이 불그스레한 사내, 골격이 크고, 이마가 넓으며, 눈이 크고, 턱수염이 치렁치렁하고, 피부가 하얀 신비한 인물, 그는 노 없이 저절로 움직이는 배를 타고 바다를 건너왔다 했다. 그는 과일과 꽃 말고는 희생물을 금했으며 평화의 신으로 알려졌다 했다. 그럼 그들이 바로 대홍수 후 몰락한 지구에서 살아남아 미개했던 당시의 지구인들을 교화시켰던 플레이아데스인들이었단 말인가?'

태양신 라의 이야기에 나는 케찰코아틀과 바라코차에 대해 생각한다. 그리고 내가 사는 지구에서 아직도 기원을 밝히지 못한 영국의 스톤 헨지나 남태평양에 위치한 이스터 섬의 거석 모아이(Moai), 페루 나스카 평원의 거대한 도형들, 이집트 기자의 피라미드, 캄보디아의 앙코르와트 문명과 고대 멕시코의 올멕 문명이 결국 대홍수로 멸망한 이후 살아남은 베일에 쌓였던 고대의 선지자인 플레이아데스인들의 유산이라는 태양신 라의 이야기에 절로 고개가 끄덕여진다.

"대홍수로 인한 고대의 지구 문명 종말 이후 살아남 았던 우리 플레이아데스의 선조들은 전 세계 각지에 흩어져 자신을 드러내지 않고 조용히 지구 문명의 재 건에 힘썼다. 하지만 지구상의 미개한 인간들은 우리 선조들의 도움으로 자신들의 문명을 새로이 구축하면 서도 각자의 인종, 민족, 각자의 언어와 각자의 종교로 자기네들끼리 갈라져 서로 반목하며 전쟁에 전쟁을 거 듭하였다. 전생의 삶을 살던 블라드 드라큘라와 너의 아버지 블라드 드라큘 역시 피비린내 나는 전쟁으로 수없이 많은 사람들을 죽음으로 내몰았었지."

내 아버지 블라드 드라큘과 나의 전생의 삶을 살던 블라드 드라큘라는 당시 자신의 조국과 백성을 지키기 위해 어쩔 수 없이 주위의 강대국들과 전쟁을 했었고 사람들을 죽음으로 내몰 수밖에 없었다. 태양신 '라' 는 그 사실을 누구보다 잘 알고 있으면서 왜 내게 이런 이야기를 하는 걸까?

내가 이런 생각을 하는 중에도 태양신 라의 이야기는

이어진다.

"네 아버지 미스터 D, 즉 블라드 드라큘이 2100년 동안 마흔일곱 번의 환생을 했으면서도 유독 현생으로부터 600년 전, 블라드 드라큘의 인생을 자신의 첫 번째 전생의 삶으로 기억하는 건 그가 치른 전쟁으로 수많은 사람을 죽음에 이르게 했던 죗값을 치르는 것이다. 그 이후의 삶부터 블라드 드라큘은 전생의 기억을 고스란히 간직한 채 열두 번의 환생을 거듭하며 오늘날에 이르게 되었던 것이다. 그러면서도 그 아들인 블라드 드라큘라만큼은 자신처럼 전생의 기억으로 고통 받지 않도록 하기 위해 아들의 전생의 기억마저 자신이 간직했던 것이다."

'아… 가련한 나의 아버지 블라드 드라큘이시여! 당신처럼 고통받을까봐 아들의 전생의 기억마저 고스란히 간직한 채 600년을 그렇게 지내오셨다니…'

아버지 블라드 드라큘이 자신과 아들인 내 전생의 기억을 모두 품은 채 600년 동안을 홀로 고통받아왔다는 사실에 안타깝기도 하고 감동받기도 한 나는 눈물을 흘리기 시작한다. 태양신 라가 힘주어 말한다.

"현생의 지구, 극동 아시아에 위치한 한국이라는 조그만 나라에서 평범한 의사의 삶을 살던 백 선생이자 또 다른 나의 아들인 자네는 앞으로 수년 뒤부터 우리 플레이아데스인들처럼 먹지도, 자지도 않고, 늙지도 않게 되며, 우리가 가진 모든 능력을 구사할 수 있게 될 것이다. 그대는 앞으로 SNS라는 네트워크를 통하여 전 세계인들과 교류하고 소통하며 무리를 규합하게 된다. 그럼으로써 자신을 따르는 지구상의 인류들을 하나로 통합하게 된다. 그리하여 2011년인 지금으로부터 10년 뒤인 2021년에 이르러 전 세계를 이끄는 위대한 지도자가 되게 될 것이다. 결국 자네가 현생인류의 리더가 되고 또 다른 10년이 지난 2031년에 이르러서는 국가도, 민족도, 인종도, 종교도, 언어도 모두 하나로 통합된 사랑과 배려와 기품이 흐르던 기원전 10500년 전의 우리 플레이아데스 인들이 건설했었던 초고대 문명을 재현하게 될 것이다."

태양신 라의 이야기에 내가 받은 충격은 실로 엄청났다. 앞으로 수 년 뒤 내가 플레이아데스인들의 초능력을 가지게 되고, 현존하는 지구상의 전 세계 73억 인류를 이끌며 과거 영화를 누렸던 플레이아데스인들의 초고대 문명을 지구상에서 다시 재건하게 된다는 태양신 '라' 의 이야기. 비로소 나는 대구의 카페 chaos에서 D를 만나 지금 이곳 타이게타 행성까지의 길었던 여정

동안 보고, 듣고, 느낀 것들이 하나하나 제자리를 찾으며, 내가 맞추고 있던 퍼즐의 거대한 그림이 완성되고 있음을 알게 되었다.

미션

    나는 카페 chaos에서의 D와의 만남과 그로부터 전해 들은 이야기들, 그리고 웜홀을 통해 시공간을 초월한 태양신 '라' 와 함께 했던 전생체험 여행, 타이게타 행성 방문까지의 여정들에 대해 다시 한 번 더듬어 본다.

    미스터 D, 삶과 죽음, 죽음 저편의 세계, 윤회, 신은 죽었다, 팍스 로마나, 모든 길은 로마로 통한다, 동유럽의 역사, 망각의 강 레테, 데자뷔, 과학, 종교, 철학, 정신분석, 퇴행치료, 프로이트, 무의식, 이드에 숨겨져 있다던 태고의 비밀, 꿈, 꿈에서 영감을 얻은 사람들, 환생, 왈라키아, 용의 기사단, 드라큘레시티 가문의 징표, 애틀란틱 시티의 보드워크에서의 갱으로 살았던 나, 알래스카에서 곰에게 잡아먹혔던 가련한 여인 새라의 삶, 블라드 드라큘로 살았던 600년 전의 나, 그와의 대면에서 이루어졌던 대화들, 기원전 100년 전 고대 멕시코의 테오티우아칸에서의 인신공회 의식 때 심장을 뜯기며 무참히 희생됐던 블라드 드라큘의 첫 번째 전생, 기원전 10500년 급작스런 지각 이동으로 발생한 대홍수로 멸망했던 초고대 문명, 이후 몰락했던 지구인들을 교화시켰던 케찰코아틀 혹은 바라코차로 불린 플레이아데스의 선조들, 플레이아데스 성단 그리스 신화 속 플레이아데스의 일곱 자매 중 하나인 타이게타, 블랙홀, 화이트홀, 웜홀, 웜홀을 통한 시공간 여행, 137억 5천만 년 전에 시작된 빅뱅, 빅뱅 이후 끊임없이 팽창하는 우주, 그 후 탄생한 수없이 많은 우주 속에 존재하는 또 다른 나, 평행우주이론을 증명하는 이곳 타이게타 행성을 통치하는 이집트 신화 속 주인공인 태양신 '라'와 그 아들이자 또 다른 나 '호루스', '호루스'의 여동생이자 아내인 금발의 여인 '하토르'….

그리고 앞으로 20년 뒤 내가 현생인류를 이끌어 사랑과 기품이 흐르던 기원전 10500년 전의 플레이아데스인들의 초고대 문명을 재건하는 위대한 지도자가 된다는 태양신 라의 이야기까지….

그동안의 퍼즐 조각들이 하나하나 제자리를 찾아 짜 맞춰지면서 이 여정의 처음부터 지금까지 내가 그려오 던 거대한 그림이 드디어 완성되는 순간이다.

'아! 이제 난 어떻게 해야 한단 말인가…'

지금까지의 기나긴 여정 속에 있었던 일들을 돌이 켜보던 나는 앞으로 살아가면서 내게 일어날 일들을 생각하니 갑자기 막막해지는 느낌이다. 지금까지의 '라'의 이야기에 대해서는 충분히 수긍을 하게 된 나 지만 미래의 내게 닥쳐올 그의 이야기는 그다지 현실 성 있게 다가오지 않는다. 내게는 그럴 능력이 없다. 난 그저 지구상에 존재하는 73억 인류 중에서도 평범 하기 그지없는 한국이라는 조그만 나라의 어느 이름 없는 의사일 뿐, 특별한 능력이 없는 사람이기 때문 이다.

처음 나를 대면했을 때 미개하고 냄새나는 지구인이 라며 적대시했던 태양신 라의 아들이자 또 다른 나 자 신인 '호루스'가 오랜 침묵을 깨고 말한다.

"난 너의 모든 것을 알고 있다. 지금까지 네가 살아 온 인생들, 너의 과거, 현재, 그리고 너의 미래까지도 말이다. 이곳 타이게타에서 난 네가 될 수 있지만 넌 내가 될 수 없다. 난 너를 포함하지만 넌 나를 포함할 수 없는 하위개념의 나지. 그래서 난 네가 지구의 미래를 이끄는 지도자가 되는데 대해 동의할 수 없다. 하지만…."

죽음과 부활의 신 오시리스(Osiris)와 그의 아내이자 최고의 여성신인 이시스(Isis)의 아들이며, 사랑과 미의 여신 하토르(Hathor)의 남편인 '호루스'. 그는 이곳 타이게타에서는 태양신 '라'의 아들이다. 고대 이집트 신화에 등장하는 원래의 아버지 오시리스가 이곳 타이게타에서 존재하지 않는 걸 보니, 이들의 가계에 어떤 사연이 있는 듯하다. 짐작컨대 오시리스는 그들 간의 권력투쟁의 결과로 태양신 '라'에게 제거당한 건 아닐까? 꼬리에 꼬리를 무는 내 생각을 멈추게 하는 호루스의 이야기가 이어진다.

"나, 호루스가 지구에서는 네가 될 수 없다. 지구에서는 백 선생 당신이 나와 최소한 동등한 개념이 된다는 사실을 어쩔 수 없이 난 인정해야 한다. 그리하여 난 아버지이신 태양신 '라'의 말씀을 받들어 지구상에서 조력자로서 그대가 현생인류를 이끄는 위대한 지도자가 되도록 돕는데 최선을 다하기로 마음먹었다. 나는 그대가 지구로 돌아갈 때 함께 동행할 것이다. 그리고 그대에게 숨겨진 우리들의 능력을 깨우치고 충분히 발휘할 수 있을 때까지 그대를 도울 것이다. 이 넓은 우주 전체를 마음속에 품고 있는 내겐 정말로 하찮은 일에 불과하겠지만…."

마치 선심 쓴다는 듯 나와 동행해 지구상에서 날 돕겠다는 '호루스'의 말속에서 난 이곳에서 처음 대면할 때 그가 내게 보이던 적개심이 많이 누그러진 듯한 느낌을 받는다. 그리고 보니 날 대하는 그의 표정과 말투도 처음과 달리 부드러워져 있다. 이어서 이곳 타이게타에서 처음 날 맞이했던 '호루스'의 아내인 금발의 여인 하토르, 지금껏 태양신 라와 대면하는 도중 말없이 날 지켜보기만 하던 그녀가 입을 연다.

"나 역시 내 오빠이자 남편인 '호루스'를 따라 지구로 가서 또 다른 남편인 백 선생 당신을 도울 거예요. 다만 지구에서 백 선생 당신은 우리들의 존재나 위치를 알지는 못할 겁니다. 지구상에서 당신이 우리들과 동등한 개념이라 하지만 결국 조금이라도 먼저 탄생한 입자들의 산물인 우리가 원초적으로는 당신의 상위개념이므로 우리의 존재를 알지 못하기 때문이지요. 다만 당신이 우리들 플레이아데스인들이 가진 능력을 스스로 깨우치고 발휘할 때쯤에는 당신도 우리와 거의 동일한 개념의 존재가 될 수는 있을 거예요."

알 듯 말 듯한 금발의 여인 하토르의 말이 끝나자 이들 남매이자 부부의 말을 잠자코 듣고 있던 이들의 아버지 태양신 라가 말한다.

"아들아, 우리는 너의 조력자로서의 역할만 할 뿐 네게 숨겨진 능력은 너 스스로의 힘으로 깨우쳐야 한다. 이제 네가 지구로 귀환하게 되면 넌 지금까지와는 완전히 다른 삶을 살아가야 한다. 하지만 과학만 고도로 발달된 문명은 모래 위에 지어진 집처럼 쉽게 무너질 수밖에 없는 법! 10500년 전 플레이아데스의 선조들이 이룩했던 문명사회를 이루기 위해서는 우선 너부터 사랑과 배려와 나눔을 실천하는 사람이 되어야 한다는 사실을 명심해야 한다.

북경에서 나비의 자그만 날갯짓이 대기에 영향을 주고 또 이 영향이 시간이 지날수록 증폭되어, 긴 시간이 흐른 후 지구 반대편의 뉴욕에서 엄청난 위력의 허리케인을 유발하듯 나눔과 봉사와 사랑의 이념을 행하는 너의 자그마한 행동이 지구상의 모든 인류를 바꾸어 놓을 수가 있다. 사랑과 나눔이라는 이념을 SNS라는 소셜 네트워크를 통하여 지구상의 전 세계 인류에게 전파하라! 그리하여 누구도 거부할 수 없는 이 아름다운 이념으로 각기 다른 국가와 민족과 언어와 종교로 분열된 지구상의 인류들을 하나로 통합토록 하라! 그렇게 된다면 우리 플레이아데스인들은 고도로 발달된 우리들의 과학 문명을 지구 문명에 이식시킬 것이다. 그리하여 10500년 전의 플레이아데스의 선조들이 이룩했던 초문명 사회를 다시 지구상에 재현하게 될 수 있을 것이다.

이것이 바로 네가 지상에서 D를 만나고 시간과 공간을 초월하여 이곳 타이게타까지 오게 된 이유이며, 지금 이 순간이 앞으로 네게 주어질 막중한 임무를 나 태양신 '라'가 부여하는 자리인 것이다."

지금까지의 여행을 통하여 깨달음을 거듭하던 나는 이제 태양신 라의 이야기가 더 이상 놀랍지도 두렵지도 않다. 나는 현생인류를 하나로 통합하여 사랑과 기품과 배려가 흐르는 과거의 초고대 문명을 재현하는 위대한 현생인류의 지도자다.

'그래! 해 보는 거야. 태양신 라의 이야기, 사실 틀린 게 하나도 없지 않은가?'

"이제 떠나라. 아들아. 나 태양신 라는 이곳 타이게타에서 내 아들이 훌륭하게 자신의 임무를 수행하여 초록별 지구에 사는 현생인류의 위대한 지도자가 되는 것을 지켜볼 것이다. 너와 함께 동행할 '호루스'나 '하토르'는 잠시 동안 조력자로서의 역할만 할 뿐 결국 스스로의 힘으로 네게 숨겨진 우리들의 능력을 찾아내어야 한다. 그러기 위해서는 백 선생 자네는 피나는 노력에 노력을 거듭하는 삶을 살아야 함을 잊지 말아야 한다."

태양신 라의 말에 고개를 끄덕이며, 나는 스스로에게 말한다.

"나는 지구상에 생존하는 73억 현생인류를 이끄는 위대한 지도자가 되어야 한다. 앞으로 나는 사랑과 배려와 기품이 흐르는 아름답고도 고도로 발달한 초문명을 지구상에 재현해 낼 것이다."

결정적 증거

2016년 어느 여름날의 이른 새벽, 서재 컴퓨터 앞에서 나는 지금으로부터 5년 전인 2011년의 길고 길었던 어느 여름날 밤을 회상하고 있다. 지금 돌이켜 보건대 하룻밤 사이라 하기엔 너무도 많은 일들이 벌어졌었다. 그날 밤 인류의 엄청난 비밀에 대해 알게 되었지만, 지금의 나는 그날 밤에 있었던 일들이 단지 한여름 밤의 꿈은 아니었는지 가끔 의심하기도 한다.

신천 변에서 미스터 D와의 우연을 가장한 필연적인 만남을 시작으로 카페 chaos로의 그의 초대에 응했던 나는 그로부터 삶과 죽음, 종교와 철학, 환생과 전생의 삶 등에 대해 많은 이야기를 듣게 되었고, 그 카페 어딘가에 존재하던 웜홀을 통한 과거로의 시간 여행을 했었다. 또한 지구로부터 440광년이나 떨어진 타이게타 행성의 수중도시 방문 때 만난 태양신 라로부터 지구 인류와 플레이아데스인들의 기원에 대한 이야기들을 들었다.

타이게타 수중도시의 피라미드 내부에 에너지가 가장 많이 모이는 곳에 존재하던 웜홀을 통해 나와 호루스, 그리고 하토르는 440광년 거리의 지구에 단숨에 도달했었다. 타이게타에서 지구로의 순간 이동의 충격으로 잠시 동안 정신을 잃었던 난 대구의 카페 chaos가 아닌 당시 내가 살고 있던 아파트 지하주차장에서 발견되었다. 밤새 연락이 두절된 나를 걱정하며 기다리다 안절부절못하던 아내가 아침 무렵 혹시나 싶어 찾아본 지하주차장 차 안에서 잠들어 있던 나를 찾아냈던 것이다.

당시 내가 발견되었던 시간은 아침 7시.

내가 카페 chaos에서 마지막으로 새벽 6시를 알리는 카페 내부의 괘종시계의 종소리를 듣고 나서 D의 손을 잡고 눈을 감은 뒤 웜홀을 통한 시간 여행이 시작되었으니 따지고 보면 과거로의 시간여행과 타이게타로의 우주여행 후 지구로 귀환하는데 1시간밖에 걸리지 않았다는 이야기가 성립되는 셈이었다. 하지만 그날 나와 함께 지구로의 귀환에 동행했던 '호루스'와 '하토르'는 어디로 갔는지 종적을 감춘 채 행방이 묘연했다. 내가 차에서 자고 있는 걸 발견했던 아내는 안도의 한숨과 더불어 밤새도록 연락두절 상태였던 내게 원망과 질책의 잔소리를 쏟아냈고 그날 밤의 행적에 대해 그 어떤 변명도 하지 못했던 나는 - 내가 그날 밤 있었던 일들에 대해 이야기한다고 해서 내 말을 믿어줄 리 없다고 생각했다. 사실 내 말을 그 어느 누가 믿어주겠는가? 설령 아내라 할지라도 말이다.- 출근 준비를 위해 서둘러 집에 가서 입고 있던 옷만 얼른 갈아입고 아내의 잔소리를 피해 도망치듯 병원으로 출근을 했었다.

그날은 지난밤에 있었던 일들이 머릿속을 떠나지 않아 온종일 일이 손에 잡히질 않았다. 단지 꿈이라고 하기엔 지난 하룻밤 사이 너무나 많은 일들이 일어났고 카페 chaos에서 나누었던 D와의 대화들이나 과거로의 전생여행에서 만났던 600년 전의 나인 블러드 드라큘과의 대화, 또 타이게타 행성에서 만났던 태양신 '라'의 이야기들이 너무도 생생하게 기억났기 때문이었다. 처음에는 지난밤에 일들이 실제로 있었던 일이라 생각했지만 시간이 지날수록 점점 밤새 내게 일어났었던 일들에 대해 의구심이 들기 시작했던 난 결국 친구 녀석에게 전화를 걸었었다. 카페 chaos에 D를 만나러 가기 직전 만났었던 고등학교 동창 녀석에게. 다만 내 전화를 받은 친구는 이렇게 말했다. 당시 내가 술이 만취가 되어서 자신이 대리운전기사를 불러 우리 집 위치를 말해주고 집으로 보냈다고. 심지어 대리 운전비도 자신이 직접 대리기사에게 지불했다고.

그렇다면 내가 5년 전 여름밤에 겪었던 모든 일들은 순전히 만취한 채 차 안에서 잠들었던 내 꿈속에서 일어났던 일이었단 말인가? 5년 전 당시의 나는 친구 녀석과의 통화 후에 그 모든 일들이 꿈속에서 일어난 일이었다는 게 더욱 믿기지 않았었다.

그래서….

그날 진료를 마치자마자 나는 서둘러 동성로를 찾았다. 카페 chaos와 그곳에서 날 기다리고 있을 미스터 D를 만나기 위해서. 하지만 그날따라 대구에서 나고 자라 눈감고도 돌아다닐 정도였던 동성로에서 카페 chaos를 도무지 찾을 수가 없었다. 이곳이다 싶어 가보면 아니고 저기다 싶어 가보면 또 아니고…. 원래 길치였던 나는 비슷비슷하게 생긴 동성로의 뒷골목을 초저녁부터 밤 11시까지 그렇게 헤매고 다녔었다. 결국 나는 D와의 만남이 이루어졌었던 카페 chaos를 찾아내지 못했다. 당연히 D와의 재회 역시 이루어지지 않았고.

'그럼 어젯밤 일들은 정녕 한여름 밤의 꿈이었단 말인가?'

너무나 생생한 현실 같았던 전날 밤의 일들이 정황상 꿈이었을 가능성이 점점 더 높아졌다. 그러자 당시의 나는 전날 밤에 일어났었던 일들에 대한 확신이 점점 떨어지고 있었다.

'만취했던 나를 대리운전 기사를 불러 집으로 태워 보냈다고 하지 않는가? 심지어 친구는 기사님에게 대리운전비도 직접 주었다고 했었고. D를 만났던 카페 chaos도 흔적도 없이 사라진 듯 찾을 길 없고….'

그 순간, 무언가가 내 뇌리를 강하게 스쳐 지나갔다.

'메모지! 신천 변에서 D를 만났을 때 그가 내게 건네 주었던 카페 chaos의 약도가 그려진 메모지! 그것만이 D와 나와의 만남을 입증하는 유일한 증거물이다! 바지 주머니에 들어있었던 메모지! 아참, 오늘 아침 출근하면서 옷을 바꿔 입고 출근했으니, 그렇다면 그 메모지는 지금?'

여기에까지 생각이 미친 나는 집으로 부랴부랴 전화

를 걸었다.

"여보, 아침에 출근하면서 벗어 놓고 갔던 내 바지 어쨌소? 지금 빨래통 안에 들어 있어요?"

전화를 걸어 다짜고짜 아침에 집에 벗어 두었던 바지의 행방에 대해 묻던 나에게 아내의 답변이 이어졌다.

"당신이 벗어두고 갔던 바지와 셔츠, 아침에 빨았는데요? 지금 빨래 건조대에 널려 있어요."

'아아아… 그러면 안 되는데….'

난 아내에게 물었다.

"빨래하기 전에 바지 주머니 뒤져봤소? 그 안에 아무것도 없던가요? 무슨 메모지 같은 거…"

"아! 안 그래도 오른쪽 바지 주머니에 무슨무슨 카페라는 곳의 약도 같은 것이 그려진 메모지가 있었어요."

"그, 그래서. 그 메모지는 어쨌소?"

"별로 중요한 거 같지 않아서 휴지통에 버렸죠."

"휴… 휴지통, 아… 아직 비워 버리진 않았지요?"

메모지를 찾을 생각에 다급했던 나와는 달리, 아내는 별스럽게 생각하지 않는 듯한 말투로 대답했다.

"아뇨, 휴지통 안에 있던 쓰레기는 오늘 아침 쓰레기 종량제 봉투에 넣어 아파트 공동 쓰레기 집하장에 버렸어요. 아마도 지금은 쓰레기차가 와서 모두 수거해

갔을 텐데요?"

아직 쓰레기 수거가 이루어지지 않았을지도 모른다
는 생각을 했던 난 전화를 끊자마자 택시를 잡아타고
집하장을 향해 달려갔다. 내 머릿속엔 무조건 카페
chaos의 약도가 그려진 그 메모지를 찾아내야 한다는
생각만이 가득했다.

하지만 숨을 헐떡이며 달려간 쓰레기 집하장 입구에
서 나는 망연자실하고 말았다. 집하장은 마치 일부러
누군가 청소라도 한 듯 깨끗하게 비워져 있었던 것! 결
국 D와 나의 연결고리이자 5년 전의 한여름 밤, 내가
경험했었던 엄청난 사건이 실제로 있었던 일이란 걸
증명하는 결정적인 증거를 찾을 길이 없어지게 된 것
이다. 크게 낙담한 나는 곧장 집으로 가서 아내에게 물
었었다.

"여보, 오늘 아침에 당신이 내 바지 주머니에서 꺼내
휴지통에 버렸다던 그 메모지, 정말 당신 두 눈으로 똑
똑히 보았소? 분명히 보았냐 말이오?"

집으로 들어오자마자 다짜고짜 메모지에 대해 묻던
내게 아내는

"카페 chaos라고 적힌… 거기 위치가 적힌 약도 같던
데…."

내 질문에 기어 들어가는 목소리로 대답하던 아내는 벌겋게 충혈된 채 초점 없는 두 눈으로 다그치듯 무섭게 질문을 쏟아내던 내가 당시에는 마약이라도 한 사람처럼 무서웠었다고 나중에서야 고백했었다.

"그 메모지가 얼마나 중요한 건데 내게 물어보지도 않고 당신 마음대로 버렸냐 말이오?"

"미안해요, 여보. 난 그저 그 메모지가 너무 꼬깃꼬깃 접혀 있고 볼품 없길래 당신한테 필요 없는 건 줄 알고 그만…."

미안해 어쩔 줄 모르던 아내조차도 눈에 보이지 않을 만큼 몹시 화가 났었던 나는 풀죽은 아내의 대답을 듣고서야 비로소 그녀에게 아무런 잘못이 없음을 깨달았다.

"미안하오, 당신한테 소리쳐서. 당신이 내 주머니에 들었던 쓰레기 같았던 메모지를 버린 게 잘못 한 일은 아니오. 다만, 그 메모지…. 당신 두 눈으로 똑똑히 본 건 틀림이 없소?"

"그럼요. 분명히 내 눈으로 똑똑히 봤어요. 카페 chaos라는 가게 상호와 동성로에 위치한 그 카페로 향하는 길이 그려진 약도였거든요."

이보다 더 확실한 증거가 있을까? 난 그토록 중요했

던 카페 chaos로 이르는 약도가 그려진 메모지를 나 혼자만이 아닌 아내도 분명히 보았다는 사실에 흥분했다. 그리고 5년 전 그날 밤에 있었던 일들이 단지 꿈속에서 일어났던 일이 아니란 걸 확신하게 되었다.

2011년의 어느 여름밤, 나는 카페 chaos에서 미스터 D를 만나 많은 대화를 하고 시간과 공간을 초월한 여행을 통한 전생체험을 하며 600년 전 블라드 드라큘의 삶을 살던 과거의 나를 만났었다. 그 후 난 지구에서 440광년 거리에 실존하는 플레이아데스 성단의 일곱 자매 중 하나인 타이게타 행성으로 날아가 그곳의 통치자인 태양신 '라'를 만났었다. 난, '라'로부터 앞으로 10년 뒤인 2021년에 지구를 하나로 통합하는 위대한 지도자가 되고, 그로부터 10년 뒤인 2031년에는 사랑과 배려와 기품이 흐르던 과거의 초고대 문명을 재현하라는 사명을 부여받고 지구로 귀환했다. 하지만 난 그날 밤의 일들을 증명해 줄 수 있는 유일한 단서인 D가 내게 건네준 카페 chaos로의 약도가 그려진 메모지를 끝내 찾지 못해 한동안 실의에 빠져 있었다.

당시 아내로부터 메모지 안에 그려져 있던 약도를 보았노라는 이야기를 확인했지만 쓰레기봉투와 함께 사라진 그 메모지는 영영 찾을 길이 없었다. 그토록 내가 메모지에 집착한 데는 그 메모지가 태양신 '라' 로 부여받았던 앞으로의 일들에 대한 임명장 같은 것이란 생각이 내 머릿속을 내내 떠나지 않았기 때문이었다.

'앞으로 난 어떻게 살아가야 하나…'.

지구로의 귀환 후 며칠 동안 이런 생각을 하며 매일 밤을 술로 지새웠다. 솔직히 말해 타이게타 행성에서 태양신 '라' 의 이야기를 듣고는 '한번 해 보자! 내가 못할게 뭐 있어?' 란 생각을 했지만 막상 지구로의 귀환 후 내가 환자를 돌보는 의사라는 사실을 다시금 실감하면서 팍팍했던 당시의 현실과 내가 앞으로 이루어야 할 엄청난 일들과의 괴리가 너무나 컸다고 느꼈다. 난 아무 것도 할 수 없다는 무력감에 빠졌던 것이다.

온종일 수백 명의 환자를 진료하고 난 후 피곤한 몸을 이끌고 자주 가던 단골 바에 앉아 그 누구와의 대화도 거부한 채 혼자서 만취할 때까지 술을 마시고 비틀거리며 귀가하기를 일주일째. 매일 몸을 가누지 못할 정도로 술에 취해 귀가하는 나를 보면서, 중요한 메모지를 버렸다는 죄책감에 아무 말도 하지 못하고 지켜봤던 당시 아내의 심정도 말이 아니었을 것이다.

일주일가량 그런 생활이 반복되자 당시의 내 머릿속은 뒤죽박죽 혼동 그 자체가 되었고 식사도 거부한 채 오로지 술만 마시던 나는 점차 폐인이 되어가고 있었다.

그리고 지구로의 귀환 8일째 되던 화요일.

그날은 야간 진료가 있는 날이라 아침 8시 30분에 시작된 진료가 밤늦게까지 계속 이어져 결국 자정을 20분 남긴 밤 11시 40분 무렵에서야 겨우 진료를 마칠 수 있었다. 내가 선명히 그날을 기억하는 것은 의사 생활하면서 가장 환자를 많이 봤던 날이었기 때문이다. 그날따라 환자가 유독 많이 몰려 아침 진료시작부터 점심시간도 없이 밤 11시 40분, 진료를 마칠 때까지 한 끼도 먹지 못하고, 한 번도 쉬지 못한 채 진료를 보았다. 그러자 일주일째 지속되던 음주가 무리가 됐는지 진료를 마치자마자 몹시 피곤해서 집으로 돌아갈 힘조차 없는 상황에 처하고 말았다. 결국 나는 집으로 가는 걸 포기하고 병원에서 자기로 결심하고선 아내에게 전화를 했다. "늦게까지 환자 진료 보느라 너무 피곤해서 지금 집에 귀가했다가는 아무래도 내일 아침에 일어나 출근할 자신이 없다."는 얘기를 전하며…. 그리고, 그날 늦게까지 나를 도와 진료하느라 애쓴 당일 당직 직원들에게도 지금 내 몸이 너무나 피곤해서 병원에서

자고 가야하니 못 태워줘서 미안하다. -집으로 가는 차편
이 모두 끊어진 상태로 원래는 모두 내 차로 집까지 대워주려고 했
었다.-는 말과 함께 일일이 택시비를 직원들에게 쥐어
주고 집으로 돌려보냈다. 그리고는 병원 3층 구석진
곳에 위치한 나만의 휴식 공간으로 발걸음을 옮기게
되었다.

5년 전의 일기를 꺼내어

2016년 8월, 난 기묘했던 2011년 8월의 기억 속으로 빠져든다. 아래 글들은 그 당시의 일들을 기록한 나의 일기들이다.

- 2011년 8월 9일 화요일, 날씨 모름(종일 진료 보느라 바빠서)

낮과 밤이 전혀 다른 나의 병원.

아침 일찍부터 밤 11시 40분까지 그렇게도 붐볐던 병원이 이제는 개미 새끼 한 마리 없는 텅 빈 건물로 변했다. 이전에 자그마한 병원에서 넘치던 환자를 감당 못해 이 건물로 확장, 이전한 것이 올해 2011년 5월 1일.

그로부터 3개월이 지난 이 시점에 또다시 넘쳐나는 환자들로 인해 오늘 난 체력이 고갈된 상태다.

아무도 없는 텅 빈 병원.

불 꺼진 한밤중의 텅 빈 병원은 환자들로 북새통을 이루던 낮과 달리 무섭고 음산한 분위기를 자아낸다. 하얀 소복을 입은 여인이 산발한 머리를 풀어 헤치고 스르르 병원을 미끄러지듯 지나가도 전혀 이상하지 않을 만큼. 지금 이곳은 마치 브램 스토커의 소설의 주인공 드라큘라가 살던 트란실바니아의 음산하고 기괴한 성을 연상하게 한다.

일주일째 계속되던 음주와 오늘 하루의 힘들었던 진료로 인해 집으로 귀가할 힘조차 없어 병원 휴게실 침대에 누운 나는 이 큰 병원에 나 혼자라는 으스스한 분위기에 극심한 공포를 느낀다. 나는 두려움과 공포를 극복하기 위해 생각에 잠긴다.

8일 전인 지난 8월 1일 월요일 밤.

난 틀림없이 대구 동성로의 골목길 어딘가에 위치한 카페 chaos에서 600년 전 내 전생의 아버지였던 미스터 D, 즉 블라드 드라큘을 만났었다. 그리고 그곳에서 웜홀을 통한 시공을 초월한 여행을 하며 600년 전의 내가 블라드 드라큘라였음을 알게 되었다. 사실 난 지구

로의 귀환 후 바로 다음날 내 몸 은밀한 곳에 있던 드라
큘레시티 가문의 징표인 용문신이 내 몸에 있음을 직
접 확인했었다. 그곳의 사진을 찍어 사진관에 보내 확
대해 본 결과 내 몸에 있던 점은 과거 드라큘레시티 가
문에서 사용했던 용 문양이 확실함을 인터넷 검색을
통해 확인했었다. 그리고 확신했다. 난 600년 전의 블
라드 드라큘라가 틀림없다고.

난 8월 1일 저녁, 기사에게 대리 운전비를 직접 주고
날 집으로 태워 보냈다던 친구 녀석의 말도 믿을 수 없
다. 그날 술을 많이 마시긴 했어도 그와 헤어질 당시 내
가 대리운전을 해서 집으로 왔는지 아닌지도 구분 못
할 만큼 나는 만취하지 않았었다. 또한 그와 작별인사
를 한 뒤 차는 그대로 두고 D가 가르쳐 준 카페 chaos
가 있는 동성로까지 택시를 타고 갔던 기억이 지금도
생생하다. 그리고 무엇보다 의심스러운 사실은 친구
녀석이 다음날 나와의 전화 통화 이후 연락 두절 상태
란 점이다. 무역회사에 다니는 그가 급작스럽게 아랍
에미레이트의 두바이 지사로 발령났다는 회사 직원의
이야기만 들을 수 있을 뿐 그에게 거는 전화는 일체 불
통 상태이며 그로부터의 연락 역시 전혀 없는 상태다.
어쩌면 녀석도 태양신 '라'의 계획의 일부에 포함된

그의 하수인일지도 모를 일이다.

　내가 정말 지구상에 생존하는 73억 인류를 이끄는 위대한 지도자가 될 수는 있을까? 그것도 10년 안에⋯. 내게 플레이아데스인들이 지닌 초능력이 과연 있을까? 나 스스로 그 능력을 깨우쳐야 한다는 태양신 '라'의 말은 그렇다 해도 나와 동행해서 지구상에서 나를 도와준다던 라의 아들 호루스와 딸이자 며느리인 하토르, 그리고 600년 전 내 아버지 미스터 D, 즉 블라드 드라큘은 대체 어디로 사라졌단 말인가? 나 홀로 이토록 방황하게 만들어 놓고 그들은 지금 어디서 무얼 하고 있단 말인가? 이게 그들이 말하던 조력자로서의 역할이란 말인가? 날 방치한 채 점점 폐인이 되도록 하게 만드는 것이?

　이런저런 생각에 잠긴 난 피곤에 절어 스르르 눈을 감고 그토록 길었던 2011년 8월 9일의 화요일과 작별 인사를 한다.

　2011년 8월 10일 수요일, 날씨 맑음
　아무도 없는 텅 빈 병원⋯.
　전날 야간진료의 피로의 여파로 귀가할 힘조차 없어 병원에서 잠을 자기로 한 나는 이런저런 생각에 쉽게 잠이 들지 못하고 새벽까지 뒤척이다 잠이 들었다. 그러다… 난 지금 아무도 없는 캄캄한 내 방 진료실 앞 복도를 혼자 서성이고 있다. 지금 내가 이곳에서 뭘 하고 있는 거지?

내 방 진료실 앞 복도 옆에는 커다란 그림이 하나 걸려 있다. 그리스의 파르테논 신전 같은 고대 유적을 보고 있는 여인의 뒷모습을 그린 그림이. 몇 달 전 현재의 병원으로 이사 오면서 우리 병원에 온 환자분들이 병원이라는 느낌이 들지 않도록 그림을 사서 병원 곳곳에 전시를 해 두었다.

방금 언급한 그림도 몇 달 전 어느 화백으로부터 나름 비싼 값을 치르고 샀던 내가 좋아하는 그림 중 하나이다. 다만 신전을 바라보는 여인의 뒷모습을 그린 그림이어서 이 그림을 볼 때마다 뒤돌아선 이 여인의 앞모습은 어떻게 생겼을까하고 항상 궁금하게 생각하고 있던 중이었다. 지금 난 복도를 서성이다 그림 앞에 서서 이 여인의 뒷모습을 감상하고 있는 중이다. 오늘따라 그녀의 모습이 그림 같지 않게 느껴진다. 살아 움직이는 듯 생동감 있는 그림 속 여인의 뒷모습. 그 모습이 너무나 진짜 같은 느낌이 든 내가 손을 뻗자 여인이 그림 속에서 움직이기 시작한다.

뒷짐 진 손을 앞으로 가져가더니 뒤로 묶은 자신의 머리를 풀어 헤치기 시작한다.

그러다가… 여인이 고개 숙인 채 뒤를 돌아본다.

그리고 고개를 들어 나를 쳐다본다.

아아아… 두렵다. 극한의 공포와 두려움에 패닉 상태에 빠진 나는 한 발짝도 움직일 수 없다.

자정을 훌쩍 넘긴 병원의 진료실 앞 컴컴한 복도….

두 개의 자그마한 할로겐 조명만이 그림을 밝히고 있는 컴컴한 한밤중의 병원 복도에서 나는 항상 뒷모습만 보여주던 그림 속 여인과 정면으로 마주하고 있다.

뒤돌아서 나를 쳐다보는 그림 속 여인.

어디선가 한 번쯤은 본 듯한 이 여인.

핏기 하나 없이 백지장처럼 하얗고 창백한 얼굴의 이 여인. 여인이 나를 보고 웃는다. 뾰족하고 자그마한 하얀 송곳니를 드러내며. 그림 바깥으로 여인이 걸어 나온다. 마치 오래전 보았던 일본 영화 '링'에서 TV 밖으로 기어 나오던 복수의 화신 사다코처럼….

'아아아… 너무나 두렵다.'

그림 바깥으로 걸어 나오는 창백한 얼굴의 여인.

난 극도의 공포로 온몸이 얼어붙은 채 그녀와 얼굴을 마주할 수밖에 없다. 하지만 그림 속 여인을 바로 눈앞에서 마주하자 비로소 나는 그녀가 누군지 알게 되었다.

"하토르… 당신이군요."

극한의 공포로 심장이 얼어붙을 것만 같았던 나는 그림 속 여인의 정체가 바로 타이게타 행성에서 지구로의 귀환 당시 나와 함께 동행했던 하토르였다는 걸 알게 되자 비로소 안도의 한숨을 내쉰다.

"백 선생님…."

그녀 역시 얼굴에 미소를 띤 채 반갑게 내게 인사한다.

"우리 여기서 이러지 말고 저기 북카페에 가서 이야기나 좀 할까요?"

지구로 귀환하기 직전이었던 9일 전 타이게타에서의 일들을 확신하지 못해 방황하던 난 그림 속에서 걸어나온 여인이 바로 태양신 라의 딸이자 며느리인 하토르인 걸 확인하자 이것저것 물어볼 게 많아졌다. 환자들이 진료 대기할 동안 책도 읽을 수 있고 컴퓨터도 할 수 있게 만들어 둔 병원의 북카페에서 나와 하토르는 마주 앉는다.

내가 조명 스위치를 켜자 북카페 내부가 대낮처럼 환히 밝아진다. 둘 사이에는 침묵이 흐른다. 날 마주보며 생글거리는 하토르는 말이 없다. 그저 미소 띤 얼굴로 날 바라보고만 있을 뿐 내가 먼저 말 걸지 않으면 아마도 이 여인은 밤새 말없이 이러고 있을 것만 같다. 하토르의 얼굴을 이렇게 오랫동안 마주한 적이 없던 나는 새삼 그녀의 미모에 놀라게 된다. 아시아인과 유럽인, 그리고 아프리카 인종을 적당히 버무려 섞어 놓은 듯한 신비스런 분위기의 하토르, 타이게타에서 내가 그녀를 봤을 때는 금발의 서양인이라 생각했었지만 아무래도 이 여인은 여러 인종의 피가 흐르는 듯, 타이게타 행성에서 처음 봤을 때의 금발이 아니라 지금 그녀의 머리카락은 갈색 빛을 띤다.

하토르의 미모에 취해 한참동안 그녀를 바라보던 난 퍼뜩 정신을 차린다. 그리고 말한다.

"지금으로부터 9일 전인 8월 1일 월요일 밤에 있었던 일들. 그 일들이 정말로 있었던 일이라는 걸 지금 내 눈앞에 앉아있는 하토르 당신이 증명해 주는군요. 그런데 당신들은 왜 지금껏 내 앞에 나타나지 않았던 거죠? 왜 나를 이토록 힘들게 만드는 거지요? 당신과 함께 동행한 호루스는 지금 어디에 있죠? 또한 지구에서 날 기다린다던 미스터 D는 어디 있소? 그가 있던 카페 chaos 또한 찾을 길 없고…. 게다가 당신은 이미 수십

년 전 지구를 방문했었던 외계인 셈야제가 아니었소?"

그동안 궁금했던 모든 걸 쉴 새 없이 하토르에게 퍼 붓듯 묻자 말없이 날 바라보며 생글거리기만 하던 하토르가 드디어 입을 연다.

"내게 궁금한 점이 몹시도 많았던가 봐요 백 선생님. 호호호….."

놀리듯 날 보며 웃던 하토르가 표정을 바꾸어 정색을 하더니 내게 말한다.

"미스터 D, 그러니까 600년 전 당신의 아버지 블라 드 드라큘의 역할은 9일 전 당신이 카페 chaos에서 웜 홀을 통한 시간 여행을 시작하면서 이미 끝이 났었죠. D는 지금 자신이 살던 네덜란드의 암스테르담에 있답 니다. 혼자만의 힘으로 백 선생님을 현생인류를 이끄 는 위대한 지도자로 만들어 보려던 원대한 계획을 가 졌던 D는 자신의 역량이 평행우주 속에 존재하는 또 다른 자신인 타이게타 행성의 태양신 라에 크게 미치 지 못한다는 걸 깨닫고 그 역할을 저희들에게 맡긴 채 자신이 살던 곳으로 돌아 간 거지요. 아마도 D는 그곳 에서 조용히 다음 생을 준비하고 있을 거예요."

'그래서 그를 찾을 수 없었구나. 내게 놀라운 가르침 을 준 600년 전의 나의 아버지 블라드 드라큘. 난 그에

게 작별 인사조차 못했는데…'

어쩌면 이번 생에서 다시는 D를 못 볼지도 모른다는 생각에 울컥하는 마음이 든다. 언젠가 그를 만나는 날이 다시 올 수 있을까?

"호루스… 그렇다면 호루스는 지금 어디 있죠? D는 네덜란드로 돌아갔다지만 호루스는 왜 지금 당신과 함께 있지 않죠?"

문득 지구로의 귀환 당시 하토르와 동행했던 호루스의 행방에 대해 내가 묻자 하토르가 답한다.

"내 남편이자 오빠, 평행우주 속의 또 다른 백 선생인 호루스는 지금 바로 당신이랍니다."

"그… 그게 무슨 말이죠? 호루스가 나라니…."

난 깜짝 놀라 하토르에게 반문한다. 타이게타 행성에서의 첫 대면이 이루어질 때부터 날 미개하고 냄새나는 지구인이라며 탐탁지 않게 대하던 호루스.

내게 자신이 우주 전체를 마음속에 품고 있고 자신만이 지구를 구원할 위대한 지도자라며 마음속에 숨겨진 불타는 야망을 감추지 않던 호루스.

그 호루스가 지금 바로 나 자신이라는 하토르의 이야기가 이해가 잘 되질 않는다.

"타이게타 행성에서의 호루스는 백 선생님의 상위개

넘으로서 백 선생님의 모든 걸 알 수가 있고 심지어 백 선생님 그 자체가 될 수도 있답니다. 반대로 지구에서의 백 선생님은 호루스의 상위개념으로서 호루스에 대한 모든 걸 알아야 하지만 평행우주 속에서도 수조분의 1초라도 먼저 탄생한 입자가 원초적 상위개념이라는 법칙이 성립하므로 지금 이곳 지구에서 당신은 호루스가 될 수 있으면서도 호루스가 될 수 없는 거랍니다. 그리하여 백 선생님은 호루스 그 자체이면서도 호루스의 존재를 인지하지 못하는 거고요."

'지구라는 행성에서는 이곳에 살던 내가 호루스의 상위개념이 될 수 있지만 평행우주 속에서 먼저 탄생한 입자들의 집합체인 호루스가 원초적으로는 나의 상위개념이므로 난 호루스가 될 수도 있고 호루스가 될 수도 없다. 아… 어렵다. 평행우주 속의 상위개념이란 법칙은….'

호루스는 나 자체이지만 난 호루스의 존재를 인지할 수 없다는 하토르의 말이 어렵긴 하지만 조금씩 이해하게 된 나는 좀 전에 일어났던 기이한 광경에 대해 하토르에게 묻는다.

"좀 전에 당신이 걸어 나왔던 그 그림은 몇 달 전 내가 이 병원으로 이사했을 당시 어느 화가로부터 구입

했던 그림인데 어째서 당신이 그 그림의 주인공이 된 거죠? 그런 일이 어떻게 가능할 수가 있죠?"

"아… 그 그림! 호호호…."

나를 쳐다보며 재미있다는 듯 깔깔거리며 웃는 하토르. 어이가 없다. 그림에서 걸어 나오는 그녀를 보고 난 기절 직전까지 가는 충격과 공포를 느꼈는데, 그런 나를 놀리듯 깔깔거리며 바라보는 그녀.

"나 하토르…. 타이게타 행성에서는 호루스의 동생이자 아내이지만 지금 이 지구상에서는 백 선생님 당신의 아내이기도 하답니다. 그래서 전 백 선생님의 모든 걸 알고 있죠. 이미 선생님에 대해 알고 있던 사실에다 호루스에게 들어서 알게 된 백 선생님의 모든 것들을요. 전 백 선생님께서 공포 영화를 좋아하신다는 걸 잘 안답니다. 그래서 선생님께서 과거에 보셨던 일본의 공포영화 '링'에서 사다코가 텔레비전을 기어 나오던 장면에다 뱀파이어의 하얀 송곳니까지도 재현해 보았죠. 호호호…."

어이가 없다. 내가 재미있으라고 일부러 그런 상황을 연출했었다니….

장난기 어린 여인 하토르, 문득 그녀가 매력적으로 느껴지는 건 단순히 그녀의 미모 때문인 것만은 아닌 것 같다. 장난기 어린 표정의 그녀가 갑자기 표정을 바꾸어 심각한 모습으로 내게 말한다.

"저 하토르와 호루스는 백 선생님 주위 어디에나 존재하고 있답니다. 백 선생님이 진료실 옆에 전시해 둔 여인의 그림 속에서도…. 백 선생님의 가족들, 친구들, 병원 직원들, 환자들… 선생님과 늘 함께 하는 사람들 속에서 어느 누구나 저 하토르가 될 수 있고 호루스가 될 수 있다는 말이에요.

제가 타이게타 행성에서 마지막으로 선생님께 했던 말 기억하시나요? 저랑 호루스가 지구에서 당신을 도울 거지만 선생님께서는 우리들의 존재나 위치를 알지 못할 거라 했던 제 말을요. 원초적으로 당신의 상위개념인 우리의 존재는 백 선생님 스스로 우리 플레이아데스인들의 능력을 깨우치고 발휘할 수 있어 우리와 거의 동일한 수준의 존재가 되었을 때 비로소 알 수 있을 거라고 제가 선생님께 말씀드렸었죠."

그녀의 이야기가 이어진다.

"지구 귀환 후 자신이 겪은 일을 확신하지 못해 극심한 혼란을 겪는 백 선생님의 모습을 곁에서 지켜만 보고 있는 저와 호루스는 선생님 스스로 이 위기를 극복하리라 믿습니다. 다만 그리될 때까지는 시일이 걸릴 거예요. 제가 선생님 앞에 나타나서 제 모습을 보여드린다면 선생님이 힘들어하는 이 시기를 빨리 종식시킬 수 있지 않을까 해서 이렇게 당신 앞에 나타난 거고요. 우리가 맡은 조력자로서의 역할은 선생님께서 스스로 자신의 능력을 깨우칠 수 있도록 도와드리는 거지 우리 능력을 선생님께 드릴 수는 없는 거랍니다. 앞으로도 저와 호루스는 어디에서나 존재하면서 선생님의 주변을 맴돌 겁니다. 그리고 선생님을 지켜주고 도와드릴 겁니다. 단! 선생님이 눈치 채지 못하게 자연스럽게 말이죠. 아! 그리고 하나 더! 지난번 타이게타 행성에서 저와 처음 만났을 때 저더러 셈야제라고 했던 선생님의 말씀은 잊어 주세요. 과거 제가 지구를 방문했을 당시만 해도 지구인들은 내 가르침을 받아들일 준비가 되지 않았었죠. 제가 만났던 지구인들은 제 이야기를 듣고 그저 재밌는 이야기라고만 생각해서 돈벌이에 이용하는 데만 급급했으니…."

하토르의 이야기를 듣고 난 나는 그제야 그동안 내 맘속에 드리워져 있던 짙은 안개가 말끔히 걷히는 걸 느낀다.

에필로그

그로부터 5년이 흘렀다.

자정을 넘긴 한밤중의 텅 빈 병원.

진료실 옆에 전시된 그림에서 걸어 나왔었던 여인 하토르와의 만남을 마지막으로 하토르도, 호루스도, 미스터 D도 그날 이후 아무도 내 앞에 자신들의 모습을 드러내지 않았다.

돌이켜보면 병원에서의 하토르와의 마지막 만남 역시 꿈이었는지 생시였는지 그로부터 5년밖에 지나지 않았는데도 기억이 어슴푸레하다.

2011년 8월 1일의 여름날 밤에 내게 일어났었던 기묘했던 일들에 대해 지금의 난 더 이상 의구심을 가지지 않는다.

그녀와의 마지막 만남 이후로 나름 내겐 많은 변화가 일어났다.

5년 전 지구로의 귀환 직전 태양신 라가 내게 당부했던 것처럼 우선 나부터 사랑과 배려와 나눔을 실천하는 사람이 되고자 노력했다. 그리고 지구로의 귀환 9개월 만에 봉사활동 단체에 거액의 기부금을 낸 것을 필두로 나는 각종 사회 시설이나 단체에 재능기부의 일환으로 의료봉사 활동을 시작하였다.

또한 태양신 라의 예언대로 컴퓨터와 스마트폰에 문외한이었던 난 1년 전부터 SNS를 통해 나눔과 봉사의 정신을 전 세계의 친구들에게 나누는 일에도 앞장서고 있다. 물론 아직 그 효과는 미미한 상태이지만 나와 뜻을 같이 하는 사람들이 점차로 많아지고 있는 추세다.

또한 나는 1년 전부터 하루에 한 끼만 먹고 있는 중이다. 아마 얼마 지나지 않으면 이 한 끼마저도 안 먹어도 살아갈 수 있을 것 같기도 하다. 심지어 나는 요즘 하루 4시간만 잔다. 잠자는 시간을 더 줄여 어쩌면 앞으로 잠을 자지 않고 살아갈 수도 있지 않을까 내심 기대하고 있다.

육체적으로는 틀림없이 늙어가고 있지만 페이스북

이나 인스타그램 같은 SNS를 통해 젊은이들과 소통하며 그들의 생각에 공감하게 되면서 오히려 요즘의 난 정신적으로 더 젊어진 듯하다.

이런 것들이 타이게타에서 날 지켜보고 있을 태양신 라가 말하는 그들의 초능력일까?

내 주위 어디에서나 존재하며 날 도와준다던 하토르와 호루스.

그들이 내 주위에 있으며 날 지켜주고 도와주고 있는지에 대해서는 솔직히 실감하고 있지는 못하다. 내가 눈치 채지 못하도록 자연스럽게 도와주겠다던 하토르의 말처럼 난 그들의 존재조차 느낄 수 없지만 지금 현재 내게 일어난 놀라운 변화들은 그들의 보이지 않은 도움 덕분이라고 생각한다.

아! 그리고 또 한 가지 놀라운 일이 있었다.

지금으로부터 약 1년 1개월쯤 전인 2015년 7월의 어느 날.

난 발신인이 적혀 있지 않은 이메일 한 통을 받았었다. 영어로 적혔던 그 메일의 내용은 이랬다

"I love you my son…. See you soon…. Good bye…."

의문의 메일을 받은 후 며칠 지나지 않아 난 잘생긴

사내아이를 하나 얻게 되었다. 시집간 딸이 아기를 낳은 것이다. 졸지에 할아버지가 된 난 외손주를 품에 안게 되었다. 그리고 난 외손주의 몸속 은밀한 부위에도 자그마한 점이 하나 있다는 걸 발견하게 되었다.

외손주 녀석이 태어난 지 얼마 되지 않은 시점에서 딸아이가 우리 집에서 조리 하고 있을 때 녀석을 목욕시키던 내가 외손주의 몸 은밀한 부위에서 조그마한 점을 발견했던 것이다. 아직 그 점이 너무 작아서 실체를 확인할 순 없지만 손주 녀석이 좀 더 자라면 그 점을 사진 찍어 확대해 볼 예정이다. 지금은 짐작뿐이지만, 난 분명 그 점이 우리 드라큘레시티 가문의 용 문양이 틀림없으리라 확신한다.

나는 미스터 D가 자신의 현생을 마감하고 나의 외손주로 다시 태어난 것이라 생각한다.

그리하여 그와 나의 600년을 이어온 기이한 인연은 다음 생애에도 그 다음 생애에도 영원히 계속되리라 나는 믿는다. 내가 타이게타 행성을 방문하고 지구로 귀환한 지 벌써 5년이 흘렀다. 태양신 라의 예언대로라면 내가 현생인류의 위대한 지도자가 되기까지 앞으로 5년이 남았다.

날씨가 맑은 날 밤이면 난 엘리베이터를 타고 내가

사는 아파트 맨 위층으로 올라가 복도에 있는 창문을 열고 황소자리 어깨 부분에 있는 산개 성단인 플레이아데스 성단을 바라보곤 한다. 비록 지구로부터 440광년 거리에 있어 육안으로 확인되진 않지만 그중에 하나인 타이게타 행성에 있으며 지구에서 하는 나의 일거수일투족을 지켜보고 있을 또 다른 나의 아버지 태양신 라를 생각하며….

그리고 앞으로 5년 뒤의 내가 지구상에 살고 있는 73억 현생인류의 지도자가 될 수 있다는 위대한 꿈을 꾸며….

이 소설은 필자가 겪었던 약간의 실화를 바탕으로 한 것이다.

지금으로부터 5년 전 어느 여름날, 안개 낀 신천 변에서 운동을 하던 중 나와 마주쳤던 이 세상사람 같지 않던 어느 기이한 남자와의 만남과, 우연한 기회에 그와 내가 잠시 나누었던 대화와, 1971년 가족들과 함께 갔던 여름 여행 중 피서객들 틈바구니에서 아버지 손을 놓쳐버리고 미아가 될 뻔했었던 유년 시절의 필자의 기억들을 모티브로 하여 이 소설을 쓰게 되었다. 다시 말해 소설 속에 등장하는 미스터리의 사나이 미스터 D는 내가 창작해 낸 100퍼센트 허구의 인물이다.

처음에 추리소설의 기법을 도입한 공포소설을 쓰려했던 내 의도는 내용이 전개되면서 지금껏 살아오면서 평소 나의 철학이나 죽음 저편의 세계에 대한 생각들을 소설에 녹여보자는 쪽으로 방향을 전환하게 되었다. 이를 구체화하는 과정에서 판타지 쪽으로 소설의 장르가 바뀌는가 싶다가 마지막 부분에 이르러서야 비로소 처음 내가 의도했었던 추리 소설의 형식으로 되돌아가게 되었다.

나는 직업적으로 글을 쓰는 사람이 아닌, 그저 일과 후 시간이 날때마다 짬짬이 글 쓰는 걸 좋아하는 순수한 아마추어 작가이다.

그래서 내 소설은 정형화된 작가들의 틀을 따르지 않았다. 나 역시도 글을 쓰면서 내 글이 어느 방향으로 튈지 미리 예상하지 못했다.

소설의 도입부에서 미스터 D와 백 선생이 신천 변에서의 첫 만남을 가지는 장면이나 D의 초대로 찾은 카페 chaos로의 방문 장면은 브램 스토커의 소설 드라큘라의 음산하고 기괴한 분위기의 고딕 소설의 양식을 충실히 따르려 노력했으며, 카페 내부에서 미스터 D와 백 선생이 대화하는 장면이나 전생 체험 여행에서 백 선생이 600년 전의 자신인 블라드 드라큘라와 만나 대화하는 장면은 내가 좋아하는 이문열의 삼국지에서 조조와 곽가가 천하 대사를 논하는 장면에서 하던 두 사람의 대화의 어투를 흉내 내어 보았다. 또 카페 내부에서 D와 단둘이 마주하고 있는 분위기나 지구로부터 440광년이나 떨어진 타이게타 행성에서 필자가 태양신 라와 대면하는 기이한 장면은 내가 좋아하는 러시아 작가 솔제니친의 이반 데니소비치의 하루에서 주인공 슈호프가 광활한 시베리아 벌판에서 강제 노역에 시달리다 문득 주위 환경을 돌아보며 느꼈던 기이한 풍경을 독자들이 느낄 수 있도록 그의 필체를 흉내내어 보았으며, 주인공 백 선생 자신이 여섯 살이던 1971년의 포항의 밤바다를 회상하는 장면에서는 박찬욱 감독의 영화 '올드보이'에서 주인공 오대수가 과거로 돌아가 고등학생이었던 자신을 지켜보며 그의 행적을 쫓는 장면을 빌려봤다. 그 외 지구상에 존재하는 미스터리 유적이나 거인 화석에 대한 이야기는 내가 좋아하는 프랑스 작가 쥘 베른과 베르나르 베르베르의 소설에서 약간의 영감을 얻었고, 지구상에 존재했다가 몰락했을지도 모를 초고대 문명에 대한 이야기는 찰스 헵굿 교수의 지각 이동설을 신봉하던 스코틀랜드 출신의 기자이자 작가인 그레이엄 헨콕의 저서 신의 지문에서 힌트를 얻었다.

또한 알 만한 사람은 알겠지만 과거 1950년대 플레이아데스 성단에서 온 셈야제란 여인이 스위스 농부 마이어에게 들려주었다던, 과거에 지구를 지배했던 외계인 이야기를 고대 그리스 신화와 이집트 신화에 등장하는 신들의 이야기와 적당히 버무려 소설의 골격을 만들었다.

이제 더 이상 크리스마스에 눈이 내리지 않듯이 어느 순간에서부터인가 사람들이 인생에 대해, 종교에 대해,

철학에 대해 이야기하지 않기 시작했다. 그저 만나서 쉽고 재미있는 것만 추구하고 지루하고 어려운 이야기들은 하지 않게 된 것이다.

난 누군가와 만나 밤새 삶과 죽음에 대해, 종교에 대해, 철학에 대해 미친 듯이 토론하고 논쟁하고 이야기해 보고 싶었다. 하지만 나와 그런 이야기를 밤새 나눌 상대를 아직 만나지 못했다. 그래서 난 매일 새벽 3시에 일어나 컴퓨터 앞에 앉아 누군가에게 미치도록 하고 싶었던 이야기들을 내 소설 속에 쏟아 부은 것이다.

나는 이 소설 속에 지금껏 살아오면서 내가 알고 있던 혹은 내가 관심가진 모든 이야기들을 집어넣었다. 내가 생각하는 죽음과 죽음 저편의 세계, 현생의 삶 이전의 전생의 삶, 프로이트의 무의식, 데자뷔, 꿈에 대한 이론들, 아일랜드 작가 브램 스토커에 의해 흡혈귀라는 오명을 쓰게 된 600년 전의 왈라키아의 군주 블라드 드라큘라와 그가 살았던 시대의 동유럽에 대한 역사 이야기들, 고대 그리스 로마와 이집트의 신화들, 빅뱅, 웜홀, 평행우주이론, 그리고 이 넓은 우주 어디에선가 틀림없이 존재하면서 우릴 지켜보고 있을 외계인에 대해서까지도….

내용이 난해해서 조금은 어려울지도 모를 이 소설을

통해 앞으로 우리나라를 이끌어갈 주인이 될 젊은이들이 자신의 삶과 철학에 대해 한 번쯤은 진지하게 생각해 봤으면 하는 게 이 소설을 마무리 지으며 가지는 자그마한 바람이다.

1) 카오스(Chaos, 그리스어)

카오스는 복잡, 무질서, 불규칙한 상태를 말하며, 장래의 예측이 불가능한 현상을 가리킨다. 카오스의 어원은 그리스어로 우주가 생성되는 과정 중 최초의 단계로 천지의 구별이 없는 무질서한 상태를 뜻한다. 그러나 혼돈 상태라는 의미에는 서로 깨어지고 부서지는 상태가 아니라, 마치 교향악을 연주하듯 조화를 이룬 가운데 혼동하는 복잡함 속의 일정한 규칙이 존재하며, 카오스는 혼돈이라는 원래의 의미보다는 '복잡한 본질을 이루고 있는 요소' 또는 '불규칙한 이동 현상' 이라는 뜻으로 쓰이고 있다. 카오스 이론을 통해 복잡한 현상을 일으키는 여러 요인들 중에서 2~3개 정도의 요인만을 분석함으로써 예측도 가능하게 되었다. 이것은 언뜻 보아서는 무질서하게 보이는 현상의 배후에는 정연한 질서가 감추어져 있다는 것을 의미한다. 그렇게 베일 속에 감추어져 있는 알려지지 않은 법칙을 파헤치는 것이 카오스 연구의 최대 목적이다. 따라서 카오스에는 완전히 새로운 과학을 탄생시키는 가능성이 있는 것이다. 카오스 이론을 처음으로 제안한 사람은 미국의 기상학자인 에드워드 로렌츠이다. 로렌츠는 1963년에 기상 현상의 대류 현상을 컴퓨터로 시뮬레이션하던 중 처음의 조건이 아주 조금만 다를지라도 그 결과가 크게 달라지는 불안정한 현상이 존재한다는 사실을 발견하게 되었는데, 이 때문에 천기의 예측이 어렵다는 것을 알게 되었다. 로렌츠의 이러한 연구 발표로 카오스의 연구가 여러 분야로 확산되었으며, 오늘날 카오스 공학으로 자리 잡게 되었다. 카오스의 특징은 다음과 같이 설명할 수 있다.

① 결정론적 시스템(deterministic system)에서 일어난다.

② 외부 잡음(external noise)과는 다르다.

③ 초기 조건에 따라 결과는 매우 다르게 나타난다. 이상하고 복잡한 시스템의 운동은 서브하모닉스(subharmonics)가 존재하는 일련의 과정을 통해 일어난다.

[네이버 지식백과] 카오스 [Chaos]
(컴퓨터인터넷IT용어대사전, 2011. 1. 20. 일진사)

2) 그로테스크(grotesque, 프랑스어)

서양 장식 모양의 일종이다. '그로트'에서 유래된 말로 동물, 식물, 가면, 건축의 일부 등 각종 모티브를 곡선 모양으로 연결해 복잡하게 구성한 것이다. 로마시대의 벽화(예를 들면 네로의 도무스 아우레아)에 처음 사용되었고, 르네상스 시대에 특히 즐겨 쓰여 라파엘의 바티칸 궁전 로지아의 장식과 같은 걸작을 낳았다. 그 후 장식적 패턴을 떠나서 기괴하고 환상적인 표현을 통상 그로테스크의 명칭으로 부르게 되었다.

[네이버 지식백과] 그로테스크 [grotesque]
(미술대사전(용어편), 1998., 한국사전연구사

3) 드라큘라 Dracula

15세기 왈라키아 공국의 영주였던 블라드 체페슈이다. 체페슈는 루마니아어로 '꼬챙이'를 뜻하는데 이것은 전쟁 포로나 국내범법자를 긴 꼬챙이를 이용한 잔인한 방법으로 처형했다고 해서 비롯되었다고 한다. 브램 스토커의 소설 드라큘라의 모델이 될 정도로 잔혹한 인물로 알려져 있으나 루마니아사(史)에서는 오스만투르크 제국의 군대를 물리친 용장으로 유명하다. 블라드는 '드라큘'이라는 이름도 가지고 있었는데 이는 '용(Dracul)'이라는 작위를 받은 그의 아버지를 영광스럽게 생각해 자신의 이름을 블라드 드라큘이라고도 했다고 한다. 여기에 루마니아어로 누구누구의 아들이라는 뜻의 '(e)a'를 붙여 블라드 드라큘라라고 불리게 되었다고 한다. 또 한편으로는 그가 전쟁 중 사용했던 문장에 '용' 그림이 있었다는 데서 기인한다고도 한다.

출처 [네이버 지식백과] 드라큘라 [Dracula] (두산백과)

4) 피타고라스 학파(Pythagoreans) , 피타고라스 주의

(Pythagoreanism)는 피타고라스(기원전 569~497)를 기원으로 하여 출발한 학파이며, BC 6세기~BC 4세기 사이 피타고라스와 그의 계승자들을 통해 번성했던 고대 그리스 철학 분파이다. 또는 그의 학설과 신조를 신봉하는 피타고라스 교단(Pythagorean cult, 피타고라스 컬트 종교)을 뜻하기도 한다. 이 학파는 오랫동안 지속되었고 기원전 1세기에는 신피타고라스 학파라고 불렸다. 수(數) 이론을 만물의 근원이자 철학의 핵심

요소로 삼았고 윤회(輪廻)와 전생(轉生)을 믿었으며, 재산을 공유하여 공동생활을 영위하고, 살생을 피하며, 조화로운 생활을 해야 한다고 주장하였다.

5) 영지주의(靈知主義, Gnosticism)

영지주의는 고대에 존재하였던 혼합주의적 종교 운동 중 하나로 다양한 분파가 존재하지만 전반적으로 불완전한 신인 데미우르고스가 완전한 신의 영(프네우마)을 이용해 물질을 창조하였고, 인간은 참된 지식인 그노시스를 얻음으로써 구원을 얻을 수 있다는 구조를 지닌다. 정통파 기독교와 영지주의의 본질적인 차이는 정통파 기독교에서는 구원이 '믿음(신앙, faith)'을 통해 가능하다는 견해를 가진 반면 영지주의에서는 구원이 '앎(gnosis, 그노시스)'을 통해 가능하다는 견해를 가진 것에 있다.

6) 헤르메스주의(Hermeticism)

헤르메스주의 또는 서양의 헤르메스 전통(Western Hermetic Tradition)은, 이집트 신인 토트와 그리스 신인 헤르메스가 결합된 신 또는 반신(半神)적인 존재인 헤르메스 트리스메기스투스의 저작인 것으로 전통적으로 가정하는, 혼합주의가 널리 행해졌던 헬레니즘 이집트(305~30 BC) 시대와 기원후 1~3세기에 주로 성립된 외경적인 저작들(코르푸스 헤르메티쿰)에 기초하는 일군의 철학, 종교적 믿음들 또는 지식들(gnosis, 그노시스)이다. 헤르메스주의의 믿음들 또는 지식들은 서양의 밀교 전통에 심대한 영향을 미쳤으며, 르네상스(14~16세기) 시대 동안 크게 중요시되었다. '헤르메스헤르메스주의의'로 번역되는 '허메틱(Hermetic)'이라는 낱말은 중세의 라틴어 '헤르메티쿠스(Hermeticus)'에서 왔다. 그리고 라틴어 '헤르메티쿠스'는 그리스 신 헤르메스(Hermes)의 이름에서 유래하였다.

헤르메스주의에는 어떤 상태로부터 자유로워지기 전에는 계속하여 윤회 또는 환생하게 된다는 언급이 있다. 헤르메스 트리스메기스투스는 다음과 같이 말하고 있다:

'오 아들아, 도대체 우리는 얼마나 많은 육신을 거쳐야, 얼마나 많은 악마의 무리를 겪어야, 얼마나 많은 별들의 반복과 주기들을 거쳐야, 하나인 존재에게로 가는 것을 서둘게 될까?'

7) 왈라키아(Walachia)

남서쪽과 남쪽 및 동쪽은 도나우강을 사이에 두고 유고슬라비아·불가리아·도브루자와 접경하고, 북쪽은 트란실바니아알프스산맥이 솟아 있고, 북동쪽은 몰도바와 경계를 이룬다. 올트강을 사이에 두고 동부의 문테니아와 서부의 올테니아로 양분된다. 대륙성 및 지중해성 기후의 비옥한 농업지대이며, 곡물·콩·과일·포도주·가축 등을 산출한다. 산지에서는 임업과 목양(牧羊)이 활발하며, 도나우강 유역에서는 수산업도 행해진다. 플로이에슈티 및 부쿠레슈티 주변에서는 풍부한 유전을 배경으로 공업이 발전하고 있다. 그 밖의 주요도시로는 크라이오바·브러일라·지우르지우

등이 있다.

원주민은 라틴어 계통의 언어를 쓰는 다코로만 인이 주체를 이룬다. 이곳은 고대 다키아의 일부 였으며, 2세기부터는 로마제국의 지배하에 들어 가 로마인의 식민이 시작되었다. 그 후 민족대이 동을 거쳐 6세기에는 슬라브인도 정착하였으며, 원주민과 혼혈하였다. 1325년에 바사라브 1세가 왈라키아공국(公國)을 세워 마자르인의 지배에서 벗어나 독립하였다고 한다. 그 후에도 인접 민족 들의 잇단 침략을 받다가 16세기 초, 투르크의 보 호하에 들어갔으며, 1714년부터는 왈라키아공국 의 선거제가 폐지되어 완전히 투르크의 지배를 받았다. 18~19세기에는 몇 차례의 러시아-투르 크 전쟁으로 자주 러시아에게 점령당했으나, 아 드리아노플화약(1829)과 파리조약(1856)에 따라, 투르크 주권하의 자치가 인정되었다. 그러는 동 안 1821년의 블라디미레스크의 난이 있었고, 1848년의 혁명 때 독립하려는 움직임이 있었으 나, 모두 투르크군이 진압하였다. 1859년에 몰도 바와 동군연합(同君聯合)이 이루어졌으며, 1861 년에 국호를 루마니아로 바꾸었다. 몰도바는 1891년 독립국이 되었다.

[네이버 지식백과] 왈라키아 [Walachia] (두산백과)

8) 신의 거울

그레이엄 핸콕이 쓴 '신의 거울' 1부 멕시코 편 47쪽에 인용된 시

김정환 옮김, 김영사 2000년 발행

9) 플레이오네(Pleione)

아버지는 대양(大洋)의 신 오케아노스(Oceanus)
이고 어머니는 바다의 풍요로움을 상징하는 여신
테티스(Tethys)로 그리스 남부 아르카디아
(Arcadia)의 키레네(Kyllene) 산에 살던 님프. 하늘
을 짊어지고 있는 티탄 신족의 거인 아틀라스
(Atlas)와 결혼하여 알키오네(Alkyone), 메로페
(Merope), 켈라이노(Kelaino), 엘렉트라(Elektra),
스테로페(Sterope, 혹은 아스테로페), 타이게타
(Taygeta), 마이아(Maia)라 불리는 7명의 딸 플레이
아데스(Pleiades) 자매를 낳은 어머니.

10) 타이게타(Taygeta)

신화에 따르면 타이게타는 스파르타 서쪽에 있
는 타이게토스 산맥에 살며 사냥의 여신 아르테
미스(Arthemis)를 섬기며 사냥을 했다고 했다. 언
제까지나 처녀로 살아가겠다는 맹세를 할 정도로
순결을 대단히 중시했고 성격은 차가웠으며, 인
간들이 모여 사는 도시에는 무관심해서 '야생 그
대로인 자'로 불리기도 했던 사냥의 여신 아르테
미스(Arthemis), 제우스가 사랑한 티탄족 여신인
레토가 낳은 남매 쌍동이 중 하나로 태양과 음악
의 신 아폴론의 누이로 달의 여신이기도 한 아르
테미스. 타이게타는 자매인 마이아, 엘렉트라와
마찬가지로 제우스의 사랑을 받았는데, 순결의
상징인 아르테미스는 타이게타가 제우스의 유혹
에서 벗어날 수 있도록 암사슴으로 변하게 했지
만 제우스를 피하지 못하고 결국 그와 관계를 맺
은 타이게타는 스파르타의 조상이 된 라케다이몬

을 낳았다고 했다.

11) 헤라클레스

　　그리스 신화에서 가장 힘이 세고 또 가장 유명
한 영웅 헤라클레스는 에우리스테우스로부터 부
여받은 12가지 과업 가운데 3번째 과제로 케리네
이아의 사슴을 포획하라는 명을 부여받았다 했
다. 황금뿔을 가진 이 사슴은 달의 여신 아르테미
스의 전차를 이끄는 4마리 사슴 중 하나였으나,
케리네이아로 쫓겨난 후로는 그 주변의 밭을 황
폐화시키고 있었는데 매우 먼 곳까지 이 사슴을
쫓아간 헤라클레스는 그물을 이용하여 사슴이 잠
든 사이에 생포했다고 했다. 일설에 따르면, 이 사
슴은 타이게타가 아르테미스의 배려에 감사하기
위하여 바친 것이라고도 하고, 아르테미스가 제
우스로부터 보호하기 위하여 변신시킨 타이게타
자신이라고도 했다.

12) 오리온(Orion)

　　훗날 아르테미스를 사랑할까 두려워한 쌍둥이
오빠 아폴론이 보낸 거대한 전갈을 피해 바다로
도망친 오리온. 그를 검은 물체로 오인한 연인 아
르테미스의 화살에 목숨을 잃고 별자리가 되어버
린 미남 사냥꾼 오리온. 오리온의 겁탈을 피해 딸
들과 함께 간신히 도망친 폴레이오네. 그런 이들
을 7년씩이나 쫓던 오리온. 제우스는 플레이오네
와 플레이아데스 자매를 불쌍히 여겨 하늘의 별
로 만들어 주었다 했다.

13) 누(Nu, Nun, Nuanet, Nunet)

고대 이집트 신화에 나오는 최초의 신이며 혼돈(아비스(Abyss)) 그 자체, 그리스 신화에서의 카오스와 거의 동일한 존재. 신화에 따르면 세상의 첫 시작에는 빛도 없는 혼돈의 바다, 즉 심연이 있었다 한다. 이를 '누' 라고 불렀는데, 어느 날 이곳에서 벤벤이란 언덕이 솟아올라 아툼이라는 최초의 창조신이 탄생하였다 했다. 아툼은 태양신 라를 창조하고, 라는 법과 조화의 여신 마트를 낳았다 했다. 이로써 우주에는 혼돈이 사라지고 질서가 자리 잡게 되었는데….

14) 라(Ra, Rah, Re)

고대 이집트 신화에 등장하는 태양신 라. 고대 이집트 제5왕조 때부터 주신으로 숭배받았던 라는 이집트 낮, 정오의 태양신으로서, 아침에는 케프리, 저녁에는 아툼(Atum)이라고 불리운다. 벽화에서 라는 매의 머리로 코브라가 태양을 둘러싼 모양의 왕관을 쓰고 있다.

라는 남신이지만 자웅동체여서 스스로 4명의 딸을 낳았는데 그 중 세크메트는 암사자의 머리를 한 파괴의 여신이라 했다. 라의 벌을 인류에게 가할 때는 세크메트로 변하지만 평상시에는 소의 머리를 한 사랑과 미의 여신인 하토르로 존재한다고 한다.

마지막
퍼즐

지은이 | 백승희
발행인 | 신중현

초판 발행 | 2017년 5월 1일

펴낸곳 | 도서출판 학이사
출판등록 | 제25100-2005-28호

대구광역시 달서구 문화회관11안길 22-1(장동)
전화_ (053) 554-3431, 3432   팩시밀리_ (053) 554-3433
홈페이지_ http://www.학이사.kr
이메일_ hes3431@naver.com

ISBN _ 979-11-5854-076-0   03810